KB122908

나의 사유 재산

메리 루플 산문집

박현주 옮김

나의 사유 재산

My Private Property
Mary Ruefle

차례

마이클을 위해

거추장스런 뼈, 발과 손끝에서 뇌로 이어지는 기이한 거리, 그리고 그 몇 리터나 되는 피. 나는 몸을 떨었다. 그들이 거듭되는 부상을 피할 수 있었던 건 기적이나 다름없었다. 그 안에 갇혀 죽어가게 될, 길게 뻗은 육신이여.

월터 델 라 메어,《난쟁이의 회고록》중에서

작은 골프 연필

경찰서에서는 내게 뭔가 건조하고 절제된 글을 부탁했다. 메리, 그들은 말했다. 이건 '진술서'라고 하는 거예요. 그들은 나를 자기들이 항상 점심을 먹는 뒤뜰로 데려가 작은 나무를 보여주었다. 슬프게도, 죽어가고 있었다. 다리 넷 달린 무언가가 나무를 심하게 갉아 먹은 것이었다. 감상을 너무 쏟아 넣진 마세요, 경찰들이 말했다. 나는 그러지 않겠다고 약속은 했으나, 속으로는 다리 넷 달린 그 무언가야말로 감상을 너무 쏟아 넣은 게 아닌가, 라고 생각했다. 그리고 그에 대한 반응으로, 괴상하고 웅크린 자세로 죽어가는 저 나무야말로 감상을 너무 쏟아 넣고 있다고도 생각했다. 경찰들은 모두 둘러앉아 샌드위치 반쪽씩을 먹었고 내게도 하나 내밀었다. 이거 맛있어요, 부서장이 말했다. 제 아내가 만들었거든요. 그가 내민 게 땅콩버터와 잼을 바른 샌드위치임을 보고 나는 이 사람도 감정을 과하게 쏟아 넣었네 하고 생각했지만, 아무 말도 하지 않았다. 그저 앉아서 나무를 바라보며 내 반쪽짜리 샌드위치를 먹었다. 이윽고 준비가 된 나는 연필을 하나 빌려달라고 부탁했고, 경찰들은 내게 작은 골프 연필들* 중 한 개를 주었다. 나는 그에 대해서도 아무 말 하지 않았다. 그저 진술서를 써서 제출했다. 그 글은 그들이 크리스마스 선물로 서장에게 주려고 하는 나무에 대한 묘사였다. 내 말은, 나무가 아니라 묘사한 글이 선물이었다는 얘기다. 그 서장이라는 사람이, 그러니까, 그가 그 나무를 좋아하고 내 글을 좋아했으며 경찰들 모두가 서장의 마음속에서 승진하기를 바랐기 때문이었다. 뭐 혹시나, 그러면 월급이라도 오를지 모르니까. 그래도, 그렇게 뜰에 둥그렇게 모여 앉아 샌드위치 반쪽씩을 먹고 있노라니 무언가를 함께 나눈 듯한 즐거운 기분이 들었다. 그래서 경찰들이 내게 달리 할 말이 있느냐고 물었을 때, 나는 이렇게 말했

* 골프 스코어 기록용으로 쓰이는 3인치가량의 짧은 연필.

다. 처음에 우리는 세계를 이해하지만 자기 자신은
이해하지 못한다고. 그러다 우리가 마침내 자기 자
신을 이해하게 될 때면 더 이상 세계를 이해하지 못
한다고. 그들은 그 말에 만족한 듯 보였다. 경찰들도
참, 그들은 모두 젊다.

열쇠

불쌍한 작은 열쇠들이여! 이젠 성공을 늘 기대할 수가 없다. 수동적 저항이 열쇠의 신조가 되었기에 그렇다. 그것이 열쇠의 박해자들이 '고집'이라 부르는 형태를 취하고 그렇게 대대로 이어진다면, 온 세계 사람들이 어찌해도 열쇠들에게서 그런 성질을 빼내지 못할까 싶어 안타깝다. 해볼 수 있는 일이라고는 이따금 홀로 떨어진 개별의 열쇠를 구조하여 어떻게 세심하고 친절하게 다루면 성공할 수 있을지 시험해 보는 일뿐이다. 얼마 전, 열쇠들이 그토록 잔인하게 다뤄진다는 데 충격을 받은 한 자애로운 신사는 열쇠에 대한 자기만의 이론을 갖고 어린아이를 기르듯 어린 열쇠 하나를 키우기로 결심했다. 그는 작은 열쇠 하나를 들여서 구멍에 꽂아두었지만, 이 열쇠가 구멍에서 나오지 않으려는 때가 와버리자 그 무엇으로도 끄집어 낼 수가 없었다. 열쇠의 감정은 자기 등껍질에서 밀려 나온 달팽이의 감정과 같다. 그 열쇠가 어떻게 되었는지는 전혀 알려지지 않았지만, 하나의 구멍에서 다른 구멍으로 잇따라 옮겨 갔던 것만은 확실해 보인다. 그리하여 그 자애로운 신사가 그 열쇠를 여러 다른 구멍에 시험해 보면서 살았기를, 그러다 궁극에는 그들 사이에 진정성 있는 감정이 오고 갔기를. 이것이 나의 가장 깊은 바람이다. 비록 그 감정이 일종의 패배감이었다 할지라도.

읽어주세요

옛날 옛적, 새 한 마리가 있었습니다. 오, 하느님.

— 클라리시 리스펙토르

나는 노란 방울새, 그 여자가 죽기 한 시간 전 그녀가 마련해 둔 모이통에 갔었다. 나는 그 여자가 마지막으로 본 생명체였으니, 나의 책임은 막대했다. 그러나 내가 한 일이라고는 먹는 것뿐이었다. 긴긴 8개월의 겨울 동안 기름진 까만 해바라기 씨는 아무도 건드리지 않은 그대로였다. 우리 종족이든 다른 종족이든 단 한 마리도 그 해바라기 씨에는 접근하지 않았다. 지나치게 버거운 일이었다. 우리에게 기운이 있었다 해도(기실 반쯤 굶어 죽기 직전이라 힘도 없었지만) 뭔가 쪼아 먹을 기분이 아니었다. 4월 22일 아침, 여자는 그 검은 씨앗들을 치우고는 모이통을 껍질 벗긴 해바라기 씨*로 다시 채웠다. 어딘가 먼 곳의 정교한 기계로 딱딱한 겉껍질을 벗겨낸 반들거리는 낟알들로. 여자는 안으로 도로 들어가 기다렸다. 내가 앉은 나뭇가지에서, 그 여자가 하고자 하는 일들을 하는 모습이 보였다. 여자는 바닥에 떨어진 수건을 줍고, 우편 중단 신청서를 썼으며, 물을 끓였고, 허공을 응시했다. 그 여자는 내가 자기 쪽으로 다가오는 것을 보았다. 여자의 얼굴엔 딱히 기쁨까지는 아니어도 삶의 일상적 기운이 솟아나 깜빡거렸다. 우리 사이에 유리창이 있었던 것은 사실이다. 하지만 나는 그녀의 씨앗 같은 두 눈동자와 슬쩍 올라간 입꼬리를 볼 수 있었다. 나는 해바라기 씨a heart 하나를 먹었다. 고개를 돌려보았다. 여자는 마치 내가 지구상에 마지막 남은 생명체인 양 나를 바라보고 있었다. 실로 그러했으므로, 나는 계속 먹었다.

* 해바라기 씨는 도정 상태에 따라 검은 껍질을 벗기지 않은 'sunflower seeds'와 껍질을 벗긴 'sunflower hearts'로 나뉜다.

운이 좋아서

잠을 자는 동안 신은 내 심장으로 파고들어 이런저런 옷을 입은 자신의 그림을 못 박아놓았다. 그는 내게 어느 것이 가장 마음에 드는지 물었지만, 나는 모두 좋아해야만 할 것 같았다. 나는 그중 어떤 것도 마음에 들지 않았으나, 하나는 있었다. 신의 얼굴이 있어야 할 목 부분 위로 푸른 휘광이 떠돌고 있는 하얀 로브. 그 그림에 대고는 적어도 나의 공포심을 표현할 수 있을 거라 생각했다. 그래서 나는 그것이 마음에 든다고 말했다. 그러자 그는 나보고 감각이 없다고 말했다. 나는 그 순간 내가 그 자리에서 깨어나 입 안에 씁쓸한 감각을 느끼며 그날은 평소라면 절대로 입지 않을 환한 색의 옷을 고르겠거니 생각했지만, 그렇게 되지는 않았다. 나는 아기처럼 꿈도 꾸지 않고 잤으며, 깨어났을 때는 아기처럼 알몸이었다. 홀로, 두려워하면서.

땅에 관한 몇 가지 관찰

아주 가까이에서 바라본 행성을 땅이라고 한다. 땅은 인간의 손이나 인간의 손에 들린 도구를 이용해 파낼 수 있다. 모종삽과 같은 작은 도구, 혹은 막삽처럼 더 큰 도구, 아니면 흔히 중장비라 불리는 다양한 기계들을 활용해서. 우리는 우리 중 죽은 자를 땅에 묻는다. 대략 죽은 자의 반은 상자 속에서 묻히고 다른 절반은 상자 없이 묻힌다. 매장용 상자는 죽은 자를 향한 경의의 상징이다. 우리는 죽은 자들을 무언가로 감싸는 유일한 종족이다. 죽은 자들을 감싸기 위해 더 이전에, 더 간소하게 썼던 방식은 천으로 그들을 둘둘 마는 것이었다.

죽은 자들을 땅에 묻는 것 말고도, 우리는 쓰레기라고도 불리는 우리의 찌꺼기를 땅에 묻는다. 사람들이 만든 찌꺼기의 산은 중장비를 이용해 모두 모아서 땅 아래로 밀어 넣는다. 이런 매장 장소를 매립지라고 한다. 상자에 넣어 묻은 사람들을 매장한 장소는 묘지라고 한다. 양쪽의 경우 모두 땅은 채워진다. 상자 속의 시체는 중장비에 의해 땅속으로 내려지지만, 우리는 그를 쓰레기로 여기지는 않는다. 죽은 자들이 상자 안에 있지 않고 시체가 쌓여 만들어진 산이 있을 때도 그들을 묻기 위해 중장비를 쓴다. 쓰레기를 묻을 때처럼. 우리는 걸어 다니는 곳 어디에서나 쓰레기 조각과 죽은 자의 딱딱하고 녹지 않는 유해를 밟고 다니는 셈이다. 어느 경우든, 시체와 오물은 우리가 보지 못할 땅속에 함께 묻혀 있다. 우리가 그것들의 모습이나 냄새를 별로 즐기지 않기 때문이다. 우리가 매장을 꾸준히 하지 않았더라면, 그것들에 휩싸일 위험에 빠져버렸으리라.

땅에 묻히는 또 다른 것으로는 씨앗이 있다. 우리는 그 씨앗들이 나중의 모습, 즉 식물이 되어 땅에서 나타날 때를 보고 싶어 한다. 땅에서 솟아나는 식물은 생명에 필수적이다. 씨앗을 묻는 일을 심는다고 한다. 씨앗 하나가 심어졌으나 다시 모습을 보이지 않는다면, 그것을 묻은 사람은 슬퍼진다. 소망을 담은 씨앗에서 기대했던 식물이 모습을 드러내지 않았다. 그것은 죽었고, 묻힌 채로 남아 있다. 넓게 펼쳐진 땅에 씨앗을 심으려면 중장비가 사용된다. 흔들리는 곡식으로 가득 찬 온전한 들판이 대지에서 솟아나면, 씨앗을 묻었던 사람들 사이에서는 행복이라는 감각이 자라난다. 행복은 또한 나무 한 그루가 나타날 때도 생겨난다. 열매를 맺을 나무가 자라오를 때, 혹은 이전에 심었던 식용 식물이 녹색 채소가 되어 그 모습을 보일 때도 그렇다. 꽃이 감탄스러우리만치 각양각색으로 땅에서 솟아날 때면, 살아 있는 자들은 특히 행복해진다. 꽃들은 외형적 아름다움 때문에 찬탄받을 뿐만 아니라 향기로 우리를 휩쌀 수 있기에 소중하게 여겨진다. 그 무엇도, 꽃만큼 살아 있는 존재를 행복하게 만들지는 못하는 듯하다. 꽃은 대지에서 나는 것 중 가장 기대되는 존재이다. 이러한 이유로, 우리는 꽃을 땅에서 분리하여 다른 사람에게 안고 있거나 바라보라고 선물한다. 잠시 후,

땅으로부터 분리된 꽃은 죽어버리고, 우리는 그것을 쓰레기통에 넣는다. 꽃은 종종 죽은 자들이 상자에 들어가 묻힌 자리에 심어지곤 하지만, 그런 자리에 심긴 꽃들은 절대로 꺾이지 않는다. 그렇게 된다면 끔찍할 테니까. 그런 짓을 하는 자는 누가 되었든 도둑으로 간주될 테니까. 그 꽃들은 죽은 자들의 것이니까.

＊

파란빛 슬픔은 가위로 길게 잘라낸 뒤 다시 칼로 잘
게 썬 달콤함이다. 그것은 백일몽과 향수鄕愁의 슬픔
이다. 가령 그것은, 이젠 그저 기억일 뿐인 행복의
기억일 수도 있다. 손을 뻗어도 닿지 않기에 먼지를
털어낼 수 없는 틈새 속으로 물러나버린. 선명하지
만 먼지투성이인 파란빛 슬픔은 그 먼지를 털어내
지 못하는 당신의 무능력에 기인한다. 그것은 하늘
만큼 멀리 있어 닿을 수 없다. 그것은 모든 사실의
슬픔을 비추는 사실이다. 파란빛 슬픔이란 당신이
잊어버리길 간절히 바라지만 잊을 수 없는 무엇이
다. 마치 버스에서 불현듯 벽장 속 먼지 뭉치를 머릿
속으로 아주 또렷하게 그려볼 때처럼. 이는 참으로
기이하며 남과 나눌 수 없는 생각이라 나는 얼굴을
붉힌다. 그러면 진한 장밋빛이 슬픔의 파란빛 사실
위로 퍼져가며 오로지 어느 사원에나 비견할 만한

상황을 빚어낸다. 그 사원이란, 어딘가에 존재하기는 하지만 거길 찾아가기 위해선 눈신발을 신고 개썰매를 타고 이천 마일을, 말 등에 올라탄 채 오백 마일을, 보트를 타고 또 오백 마일을 간 후에, 철도로 천 마일을 가야만 하는 곳이다.

무언가를 묘사할 수 있었다 해도
할 수 없었던 여자

우리에겐 집이 한 채 있다. 거기엔 지붕이 있고, 창문이 있다. 창문 모양은 정사각형인 것 같다. 그 창문을 통해서 맞은편을 볼 수 있다는 것, 그건 확실하다. 집으로 들고 나는 문이 하나 있다. 문은 양쪽으로 작동한다. 그리고 아, 마룻바닥도 있다.

우리는 차를 타고 그 집을 나섰다. 차에는 바퀴가 달렸고, 모두 네 개가 있었다. 그리고 차에 드나들기 위한 문이 있었다. 실질적으로 문은 네 개였고, 우리도 네 명이어서, 우리는 각자 자기만의 문을 가지고 있었다. 안에는 사람이 앉을 만한 공간밖에 없었고, 사고가 날 경우를 대비해 몸에 두르는 띠가 있었다.

사고는 일어나지 않아야 할 일이 일어났을 때 생기는 것이다. 사고를 바라는 사람은 없지만, 어쨌든 일어난다. 우리는 그날 사고를 겪지 않았다. 대신에 우리는 어느 식당에 갔다.

차는 레스토랑 바깥에 남았고, 우리는 식당 안에 남았다. 식당은 우리에게 요리를 해줄 곳이다. 당신은 그 요리를 해준 대가로 돈을 낸다. 혹은, 먹게 해준 대가로 돈을 낸다. 어느 쪽인지는 잘 모르겠다.

아마도 이 사실은 모두가 이미 알고 있겠지만, 식사란 음식이 몸속으로 들어가는 것이다. 나중에 그것은 다른 문을 통해, 다른 방식으로 나온다. (앞서 차에 문이 네 개 있었다고 말했을 때 나는 다섯 번째를 깜빡했었다. 휘발유가 들어가는 작은 문을.)

그리하여 우리 넷은 식당에 있었다. 어떤 음식은 좋았고 어떤 음식은 형편없었지만, 가격은 같았다. 사람은 먹을 때 대화를 한다. 대화란 사람들 사이의 이야기이다. 한 사람이 "나는 더위가 지겨워."라고 말했고, 다른 사람이 "나도."라고 말했다. 나는 "난 좋기도 한데."라고 말했다. 우리 중 마지막 사람은 "날씨 말고 다른 얘기 좀 하면 안 될까?"라고 했다. 나는 그게 흥미로운 얘기라고 생각했다.

생각은 머릿속으로 하는 소리 없는 혼잣말이다. 그래도 들을 수는 있다. 이것이 가장 중요한 차이이다.

식사와 대화 후에, 우리 중 한 사람이 이 일들의 대가로 돈을 냈다. 돈을 건네면, 잠깐 동안 그것을 볼 수가 있다. 돈이 한 손에서 다른 손으로 옮겨 가고, 우리는 그것을 볼 수 있다. 돈은 종이이다. 그러나 그것은 보통 눈에 띄지 않는다. 대체로는 보이지 않는 곳에 두기 때문이다. 돈이 공중에 떠 있는 경우는 거의 없다. 목걸이나 그런 것과도 같지 않다. 그렇지만 이러저러한 때에는 꺼내서 그중 일부를 내준다. 목걸이를 내주는 일은 없다. 그렇다 해도 목걸이는 돈이 있다는 신호다. 그냥 그렇다. 사람들은 숨겨놓은 것이 있다는 신호를 내비친다. 그것도 대화처럼 오고 간다.

우리 중 둘은 목걸이를 걸고 있고, 우리 중 둘은 하고 있지 않다. 그것은, 당신도 알게 되겠지만, 나중에 내가 합산해 보고 알게 된 사실이다.

우리는 문으로 식당을 나섰다. 차가 있었다. 차 안에서 우리는 대화를 하지 않았다. 우리는 차가 집을 향하도록 놓아두고 차를 떠났다.

집 안에서 사고가 있었다. 사고는 너무 순식간에 일어나기에 그 누구도 절대 볼 수 없고, 누구도 그에 대해 이야기할 수 없다. 사고 후에는 또 다른 대화가 있었다. 우리가 식당에서 나누었던 대화보다 더 길었다. 식당에는 우리 네 명이 있었고 이제는 세 명뿐이었음에도 그랬다.

그런 뒤 침대에 들 시간이 되었다. 침대는 당신이 잠자는 곳이다. 목걸이를 하고 있다면, 풀어놓는다. 당신과 목걸이 둘 다 위로 선 자세에서 아래로 누운 자세로 바뀐다. 그러나 함께 움직이는 건 아니다.

당신은 종일 떴던 눈을 감는다. 종일 벌렸던 입을 다문다. 당신은 그날에 대해 생각한다. 그날 하루를 오롯이 혼자 차지한다. 그러면 머릿속에 넣어두지 않았던 것들이 보이기 시작한다. 머리 밖은 어두워서 보이는 게 별로 없지만, 머릿속에 '넣어진' 것들은 보인다. 그렇게 되면, 당신은 자신이 잠에 들었다는 것을 안다. 알지 못할지도 모르지만, 잠이 든다.

당신은 잠들어 있다. 그날 하루는 끝났다. 더는 묘사할 수 없다. 그것이 삶이다. 그렇게 끝이다.

April's Cryalog

M C x3
T NC
W C x3
Th C x3
Fri C x1
Sat C x2
Sun C x2
Mon C x3
Thes C x3
Wed C x2
Thurs NC
Fri C x1
Sat C x1
Sun NC
Mon C x1
Tues C x2
Wed C x2
Thurs C x1
Fri C x1 very bad
Sat C x4 very bad
Sun C x1
M C x1
T C x1
W C a little
Th NC
Fri C x1 ↑ 16th?
Sat C x1 (my birthday I think)
Sun NC
M NC
T CCCCC
W C pm
Th C am
Fri C
Sat C

Sun NC
Mon CCC
Thes CCC
Wed CCCC
Fri CCCC
Sat CCC
Sun CC
M CC
T CC
W CC
Th CC
Fri CC
Sun CCCC
Mun CCCC
Mon CCC
T CCC
W CCC
Th CCC
Fri CCC
Sat CCC
Sun CCC
M CCC
T CCC
W CCC

April has 58 days
after which it
can't go on.

and so on.

멈춤

얼마 전, 내가 1998년 4월에 썼던 옛날 울음일기를 우연히 발견했다. 'C'라는 글자는 내가 울었다cried는 사실을 뜻하고, 'C'의 개수는 내가 울었던 횟수를 나타내며, 'NC'는 그날 울지 않았다는 것을 가리킨다.

가장 슬픈 일은, 지금 보면 이 울음일기가 무척 우스꽝스럽게 보이고 웃음이 난다는 것이다.

하지만 그걸 쓸 당시에는 죽고 싶었다. 말 그대로 자살하고 싶었다. 다리미로, 김이 펄펄 나도록 뜨겁게 달궈놓은 다리미로.

우울증이 아니었다. 폐경menopause이었다.

이 글을 읽거나 폐경에 관해 쓴 어떤 다른 글을 읽는

대도 별로 도움이 되진 않을 것이다. 우리가 폐경에 반응하는 방식은 우리에게 달려 있지 않다. 그건 우리의 몸에 달려 있다. 또한 자기가 자기 몸을 통제할 수 있다고 믿는다 해도(요가를 많이 하면 힘이 생긴다고 하는 것처럼), 실제로는 그럴 수 없다.

물론, 운이 좋을 수도 있다. 나는 폐경 증상을 전혀 겪지 않은 여자를 하나 안다. 다만 어느 날 그녀는 마지막으로 월경을 한 이후로 2년이 흘렀다는 걸 깨달았을 뿐이다. 그때가 실로 그녀의 마지막 달거리였다.

갱년기 열감에 대해선 많은 얘기를 들어봤겠지만, 열감은 정말로 약과다. 어느 모로 보나 하찮기 그지없다. 우리의 몸은 기이한 순간에 증기다리미처럼 달궈진다. 그래서? 미디어에서는 열감이 유일하고 가장 중요한 증상인 양 말한다. 거기에 주의를 집중하고 그들의 상품에 흥미가 끌리도록. 하지만 나는 폐경을 떠올릴 때 열감을 떠올리진 않는다. 열감에 대해 얘기하고자 이러고 있는 것이 아니다.

다만, 폐경이 다 지난 후에도 그 열감은 멈추지 않는 다는 것 정도는 말해두고 싶다. 그 열기는 월경이 줄 곧 그랬듯이 이제 삶의 일부가 된다. 주기적으로 찾아오고, 더 시간이 지나면 그에 대해 얘기조차 하지 않는다.

아니, 나는 여기서 한 여자에 대해 이야기하려 한다. 내가 아는 사람 중에서 우울증과는 가장 거리가 멀고 낙천적이며 긍정적인 한 여자는, 어느 날 아침 잠에서 깨어 곧장 부엌으로 들어가(그녀는 세계 최고 수준의 요리사였다) 식칼을 자기 심장에 꽂아 넣을 각오로 집어 들었다. 그것이 폐경이었다.

당신도 나처럼 19세기 정신병원 수용소의 기록을 찬찬히 살펴본다면, 마흔을 넘은 여성은 모두 입원 사유가 '월경 중단'이라고 나열되어 있는 것을 볼 수 있을 것이다. 가끔은 완곡어처럼 들리는 '삶의 변화'라는 단어도 보았지만, 실은 완곡어법도 아니다.

다른 말로 하면, 정신이 나간다는 뜻이다. 정신이 나가면, 푸코가 문화와 광기에 대해 쓴 그 어떤 글도 읽을 의향이 들지 않는다.

어쩌면 이 지상에서 맞은 열세 번째 생일을 떠올릴 수도 있겠다. 폐경은 처음부터 다시 청소년기를 겪는다는 뜻이다. 다만 학교에서는 중학교라는 수용소에 안전히, 혹은 비교적 그런 상태로 다른 청소년들에게 둘러싸여 있었지만, 지금은 성인이므로 학교에 다닐 때와는 달리 매일 세상으로 나가야 한다.

마흔다섯 살의 경험과 일상을 가진 열세 살짜리가 된다.

어떤 날에는 나무나 개, 뭐가 됐든 가장 가까이에 있는 것과 섹스하고 싶은 욕망이 든다.

남편이든 애인이든 파트너든, 뭐가 됐든 떠나고 싶은 욕구가 생긴다.

삶의 배치가 얼마나 안정적이고 애정이 넘치든 간에, 빠져나가고 싶어진다.

광기는 넘치고 희망은 없는 대의명분을 받아들이겠다는 결심을 할지도 모른다. 캐나다까지 걸어서 가겠다는 결정을 할지도 모르고, 이젠 고대 청자를 수집하기 딱 좋다며 3천 점까지 모았다가 파산할지도 모른다. 별안간 모든 문제의 해결책이 할머니의 금시계를 팔아버리거나 사과 식초만 마셔서 다이어트를 하는 데 있을 것만 같다. 야성의 피가 혈관에 흐르게 된다.

이런 증상, 그리고 다른 행동들 때문에 겁이 난다. 당신은 지적인 사람이니 의학적 도움을 구할 테고, 그 어떤 도움도 도움이 안 될 것이다.

당신의 삶은 끝난 것만 같고, 그 점은 정곡을 쿡 찔렀다. 삶은 끝났다.

당신이 얼마나 매력적이든 매력적이지 않든, 당신은 버스 정류장에 서 있거나 탐폰을 사려고 약국 카운터에 서 있을 때 사람들이 쳐다보는 눈길에 익숙해졌을 것이다. 그들은 힐끔거리면서 당신이 얼마나 매력적인지 또는 얼마나 매력적이지 않은지 평가하려 했기에, 어느 쪽이든 간에 눈길을 받았다. 그런 시절은 끝났다. 이제 사람들의 시선은 당신을 통과하여 지나간다. 당신은 완전히 보이지 않는 것이나 다름없다. 유령이 되어버렸다.

당신은 이제 더는 존재하지 않는다.

더는 존재하지 않기 때문에, 관심을 끌기 위해 뭐든지 할 것이다. 삭발을 하거나 머리카락을 염색하기도 하고 줄무늬 스타킹을 신기도 하며 난생처음 보는 사람에게 소리를 지를 수도 있다. 그런 사람들을 본 적이 있지 않은가? 편의점에서 직원에게 고함을 지르는 중년 여성들을?

당신은 옷이 젖도록 땀을 흘리며 모든 사람에게, 특히 사랑하는 이들에게 험한 말을 내뱉는 우울한 청소년이다.

거짓말을 하게 된다. 가게에서 좀도둑질을 하고 싶은 충동이 일고, 운전을 한다면 앞차를 들이받고 싶은 욕구를 느낀다.

무슨 짓을 하더라도 이를 대비할 수는 없다.

아무도 말해주지 않을 한 가지는, 이런 감정들과 이런 행동이 10년은 간다는 것이다. 즉, 당신 인생에서의 10년 말이다. 이것이 사실인지 의사에게 물어본들, 아니라고 부정할 것이다.

그러다가 탐폰을 사는 '여자'를 보면 그녀가 아직 소녀라고 생각할 날이 올 것이다. 실제로 그렇기도 하다. 주기적으로 생리를 하는 여자는 누구라도 소녀이다. 당신은 이것이 진실임을 알고, 그 진실은 무척 우습다.

당신은 여자이고, 10년이 흘렀으며, 당신의 아이들을 사랑하고, 연인을 사랑하지만, 당신이 자기 자신으로 존재하지 못하도록 말릴 사람들은 더 이상 이 지상에 없다. 부모님은 땅속에 묻었고, 과거도 묻었다. 물론 그간 당신은 자신의 삶을 파괴해 왔기에 이제 삶은 완전히 새로 재생되어야 하며 엄청난 슬픔과 후회와 향수, 그 모든 감정으로 가득하다. 하지만 그럼에도 당신은 자유롭다. 마음대로 강둑에 앉아 돌을 던져도 된다. 그리고 당신이 당신으로 살아갈 수 있는 몇 년, 혹은 1년, 혹은 20년이 남아 있다는 사실에 감사를 느낀다. 비록 수많은 다른 여성들이 그들의 삶을 끝냈다고 해도, 비록 그들이 삶을 끝낸 이유가 폐경과 관련이 없는 수많은 이유로 보고된다고 해도, 고맙게도 그런 일들은 이제 모두 지나갔다. 당신은 무슨 이유로든 절대로 다시 소녀가 되기를 바라지 않을 것이다. 당신은 보이지 않게 되는 것이야말로 세상의 가장 큰 비밀이자 누구나 줄 수 있는 가장 경이로운 선물임을 알아냈기 때문이다.

당신이 젊고 이 글을 읽고 있다면, 아마도 60세, 70세, 80세, 혹은 90세가 된 여성의 눈에 떠오른 반짝임을 이해하게 되리라. 그 여자는 (미안하지만) 당신을 진지하게 받아들일 수 없으리라. 그 여자에게 당신은 그저 소녀일 뿐이니까. 아기와 신발과 섹스 그리고 그 모든 일들을 겪었다고 할지라도. 당신은 그저 삶을 장난처럼 즐기는 소녀일 뿐이다.

당신은 거대한 숲의 가장자리에 선 소녀일 뿐이다. 겁이 나긴 하겠지만, 대신에 당신은 근사한 식사를 하거나 근사한 식사를 만들고, 꽃집에 달려가거나 막 문 앞에 도착한 꽃 상자를 연다. 나중에는 이런 일들을 대단한 기백을 발휘해 해내게 되지만, 이때는 그와 상관없이 이루어진다.

당신은 아직 시작도 하지 않았다. 먼저 당신은 멈춰야pause 한다. 기백을 발휘하려면 일단 멈춰야 하듯이.

그저 심호흡만 하려는 것이라 해도.

행복한 노년은 맨발로 다가오며, 그와 함께 우아함
과 상냥한 말들을 가지고 온다. 음울한 청춘은 절대
알 수 없었던 방식으로.

자장가

내가 처음으로 클래식 음악회에 갔던 건 열여덟 살이 되고서였다. 음악회는 스위스 알프스의 고지대에 있는 작은 교회당에서 열렸으며, 한 지붕 아래 너무 많은 사람이 들어차 있어 폐소공포증이 느껴질 정도였지만, 적어도 내가 앉을 (보통은 신도석이라 불리는 듯한) 벤치 한 자리는 있었다. 음악을 15분 정도 들은 후에는 졸음이 왔다. 지루해서가 아니라 마음이 느긋해서였고, 어쩌면 행복했던 것도 같다. (행복이 어떤 기분인지 이제껏 알아내지는 못했지만.) 음악회가 끝나자 잠에서 깼고, 잠을 잤다는 게 창피했다. 청중은 밖으로 나가는 중이었다. 공연이 끝난 뒤 바닥에 프로그램이 어지럽게 떨어져 있다는 걸 이전에 알아챈 적이 있는지? 한 시간 전, 음악회가 시작할 때만 해도, 모두가 프로그램을 받으려 했고 모두가 두 손으로 프로그램을 든 채 그것을 놓친다는 건

꿈도 꾸지 않았지만, 음악회가 끝나자 사람들은 그것들을 빈자리에 놓아두었고, 그 종이들은 조용히 바닥으로 흘러내렸다. 나는 그런 모습을 보면 언제나 슬퍼졌다. 그래서 나가는 길에 버려진 프로그램 하나를 바닥에서 주웠다. 〈브람스의 자장가〉, 그것이 음악회의 전부였다! 별안간 이런 느낌이 들었다. 어쩌면 나는 잠에 빠짐으로써 진정으로 그 음악을 들은 유일한 사람일지도 몰라! 물론 나는 기분이 나아지고 싶어서 이런 느낌을 받았던 것이다. 느낌은 그런 식으로 괴상하다. 브람스의 자장가. 나는 그 프로그램을 단잠의 기념물로 내 가방에 쓱 집어넣고는 교회당을 떠났다. 바깥은 추웠고 별들이 가득 떠올라 나는 잠시 거기 서서 하늘을 올려다보았다. 그날 밤이라고 한다면, 음악보다는 그 별들이 더 기억난다. 하지만 별들을 올려다보는 동안 나는 바닥에 흩어져 있던 프로그램들을 생각하고 있었다. 브람스는 내가 제일 좋아하는 작곡가라고는 할 수 없다. 다만 내가 항상 좋아했던 예술가로는 스위스의 조각가이자 화가인 자코메티가 있다. 자코메티의 작품을 볼 때면 모든 사람이 이야기하는 긴장이 느껴지지만, 그래도 그의 작품은 늘 나를 유독 차분하게 해준다. 그날 저녁 브람스가 해주었던 것처럼. 마치 무한의 고요와 공간으로 뻗어나간 모든 것이 이 커다란 그림의 일부이고, 그의 그림들도 이 커다란 그림의 일부인 것처럼 말이다. 그것은 너무나 커서 그 전체를 보는 것만으로도 누구든 잠이 들 것이었다. 즉, 의식을 잃는다는 것이다. 자코메티, 나의 자장가. 헨리 밀러는 나를 잠재울 수 있는 또 한 명의 예술가다. 나는 그의 책을 읽다가 곧잘 잠이 들곤 했다. 그가 '보지'라는 억센 단어를 다시 또다시 써도, 마침내는 부드러운 무엇인가가 돼버리곤 했다. 너무 부드러워서 화들짝 놀랄 정도였다. 보지란 정말로 부드러운 것이기 때문이다. 따뜻하고, 부드럽고, 젖었지만 그래도 젊은 곳. 우주의 크기를 생각한다면 한 점이라 할 것이다. 별이 하나의 점이듯이. 하지만 그것들은 너무나 많다. 보지 말이다. 누가 그것들을 일일이 세고 있겠는가? 헨리 밀러 본인이 이 점을 지적했다. 그래서 헨리 밀러는 지루해지기도 하고 환상에서 깨어나기도 하지만 동시에 흥분하기도 한다. 그것이 흥미로운 점이다. 잠을 자고 싶은데 자장가가 흥분을 불러일으킨다면, 무엇을 할 수 있을까? 내 말은 정말로, 어떤 일을 할 수 있겠느냐는 말이다. 브람스를 들을 수 있다. 자코메티를 볼 수도 있다. 헨리 밀러를 읽을 수도 있다. 하지만 그 각각의 예술가는 자기 나름의 방식으로 세상엔 아무것도 없다고 말할 것이다. 전혀 아무것도 없다고. 하지만 별들만은 우리를 내려다본다. 우리 자신이 위를 올려다보고 있다고 생각할 때조차도. 이 글을 쓰는 내 손이 무거워지는 것이 느껴진다. 내 손이 얼마나 무거운지, 내 눈이 얼마나 무거운지를 느낀다. 내 머리카락은 나를 아래로 잡아당긴다. 허나 이것은 하나의 진실이고, 진실을 지나 잠이 든다고 해도, 결국에는 쓰디쓴 결말로 깨어나게 될 것이다.

프랭크의 이야기를 해보자면

프랭크의 이야기를 해보자. 프랭크는 영리한 소년이지만 게으르고 고집 센 고등학생으로, 모든 선생님을, 특히 그중에서도 헌신적이고 열성적인 선생님들을 멸시하는 편이다. 그의 영어 선생님들 모두, 적어도 7학년 때 이후로는 열성적이었다. 그들은 모두 프랭크에게 이 책이나 저 책을 읽기만 하면 그 책과 사랑에 빠질 것이고, 페이지 사이사이에 숨겨진 자기 자신을 찾을 것이며, "마음을 훅 빼앗기게 될 것"이라고 말했다. 프랭크는 자신의 마음이 빼앗긴다는 그 개념이 마음에 들지 않고, 그건 자살 행위나 다름없다고 생각한다. 그는 자신의 마음이 지금 그대로인 편이 좋고, 그걸 계속 지킬 작정이다. 프랭크는 사랑에 빠지는 것도 싫고, 자기 자신을 보고 싶지도 찾고 싶지도 않다. 그는 스스로를 매일 보고 있고, 자신이 괜찮다고 여긴다. 그는 틀림없이 있는 그대로의 자신이며, 되고 싶은 모습 그대로이다. 그는 대체 뭐 때문에 이 난리인지 이해하지 못한다. 그래서 영어 담당인 파케트 선생이 그에게 다가와 놓친 점수를 보충할 수 있는 방법을 제안했을 때도 프랭크는 눈곱만큼도 관심이 없었다. 프랭크의 관점으로 보자면, 사물은 존재하거나 존재하지 않을 뿐이고, 존재하지 않는 사물은 놓쳤다고 말할 수 없었다. 프랭크는 학점이 부족하긴 했고 그것은 사실이지만, 그 학점은 놓친 게 아니라 존재하지 않는 것뿐이었다. 뭐 하러 존재하지도 않는 것을 찾아다니겠는가? 그의 비존재 학점은 납치되었거나 숲속에서 길을 잃은 십 대가 아니었다. 버스 정류장에 붙여놓을 수 있는 사진이 있는 것도 아니었다. 그것은 고양이가 아니었다. 그는 놓쳐버렸다고 하는 이것에 신경 쓰지도 않았고 별다른 느낌도 없었다. 프랭크 본인은 상실의 감각이 없었다. 상실의 감각을 가진 이는 파케트 선생이었다. 프랭크가 관찰해 온 바로는, 열성적인 사람들은 그 무엇보다도 상실의 감각을 가진 것 같았다. 프랭크는 이것이 어쨌거나 그들의 열정, 히

스테릭한 끈기, 팔을 흔드는 것과 관련이 있다는 걸 알았다. 파케트 선생은 실제로 프랭크에게 "완벽한 과제"를 찾았다고 말하면서 팔을 이리저리 흔들어댔다. 그 과제란 허먼 멜빌의 단편 《필경사 바틀비》를 읽고 짤막한 독후감을 써 오는 것으로, 그러면 프랭크는 놓친 점수를 다 채울 수 있는 동시에 마음을 빼앗길 것이었다. (마음을 빼앗긴다는 건 보너스 같았다.) 프랭크는 흥미가 없어서 이렇게 말했다. "안 하는 편을 택하겠습니다." 그 말을 듣자마자 파케트 선생은 그것이 바로 필경사 바틀비의 유명한, 그리고 유일한 말임을 알아챘지만, 프랭크는 그 말이 자기 말고 다른 사람의 말일 수도 있다는 건 미처 깨닫지 못했다. 그건 그의 고유한 말이며, 막 그의 입에서 나왔다. 그렇지 않은가? 하지만 프랭크의 말을 들은 파케트 선생은 팔을 더욱 격렬히 흔들었고, 그리하여 프랭크는 선생님의 말이 요점을 가리키기 직전이라는 걸 알 수 있었으며, 그것 또한 프랭크가 전혀 관심 없고 관여하고 싶지도 않은 부분이었다. 그래서 파케트 선생이 더 흥분해서는 인간적 필요보다도 더 크게 입을 벌린 채 "그게 바로 요점이야!"라고 말했을 때, 프랭크는 "안 하는 편을 택하겠습니다."라고 말한 뒤 교실을 나갔다. 그 바람에 열성적인 영어 교사는 홀로 슬픈 생각에 잠겨, 인생에서 놓쳐버린 그 모든 연결과 기회에 대해, 그 모든 실패에 대해 생각했다. 파케트 선생은 프랭크에 대해, 허먼 멜빌에 대해, 바틀비에 대해, 자기 자신에 대해 안타까운 기분을 느꼈다. 그리고 그는 문학에 대해서도 안타까운 기분을 느꼈다. 자기 잘못이 없다고는 해도 세계를 구해야만 했으나 구할 수 없었던 문학에 대해서. 반면 프랭크가 철로를 따라 집까지 걸어가는 동안, 햇빛이 머리 위로 떨어졌고 그의 마음은 온전했다. 그는 정확히 자기가 하고 싶었던 일을 하고 있었고, 책장 사이에 갇히지 않은 채 자기만의 세계 속에서 자유로웠으며, 벌레를 보면 발로 밟아 짓뭉개거나 벌레잡이용으로 주머니에 넣고 다니는 성냥갑 속에 집어넣을 수 있었다.

나의 크리스마스트리에 관한 회상

나는 크리스마스 장식과 마주할 때면 늘 마음이 연약해지곤 했다. 그리고 지금 나는 거실에 앉아 그 장식들을 바라보고 있다. 트리의 전구들이 깜박거리고, 나는 최면에 잠기듯 홀린다. 최면술사에게 가본 적은 없지만, 아마도 홀린다는 건 최면의 가장자리를 넘기 직전에 들어서는 마지막 상태일 것이다. 어쩌면 홀려 있는 상태가 기억하는 마지막 것일 수도 있다. 그건 오롯이 그 자체의 독특한 상태처럼 보인다. 아이였을 때도 나는 똑같이 했다. 밤에 홀로 거실에 앉아, 전구들이 깜박거리는 광경을 보았다. 차이라면 그때보다는 지금의 내가 크리스마스에 대해 더 많이 안다는 것뿐이다. 그때는 사실상 아무것도 모르는 거나 다름없었다. 어머니는 창문마다 전기초를 놓았다. 초는 상아색 플라스틱이었고, 맨 윗부분에는 전구 주변으로 가짜 촛농이 주조되어 있었다. 나는 그 촛농을 제일 좋아했다. 촛농이 있다는 건 그 촛불들이 바깥에서 그걸 보는 사람들에게뿐 아니라 집 안에 있는 사람들에게도 진짜처럼 보인다는 뜻이기 때문이었다. 내가 몰랐던 사실은 이런 장식이 유대인의 빛의 축제에서 쓰이는 촛대로부터 발전했다는 것이었다. 어머니도 그걸 몰랐던 것 같지만, 알았다 한들 한 번도 언급한 적은 없었다. 나는 썰매와 요람의 유사성에 대해서도 전혀 숙고해 본 적이 없었다. 썰매는 기본적으로 무척 커다란 요람이다. 썰매의 날은 요람이 흔들릴 수 있게 하는 바로 그 부품과 같다. 한때 19세기 뉴욕주 북부 지역에는 아주 괴짜인 남자가 한 명 살았다. 그는 50대가 되었을 때 한 목수에게 요람을 지어달라고 의뢰했다. 나는 그 요람을 박물관에서 본 적이 있다. 지금까지 만들어진 것들 중에서 가장 큰 요람이었다. 그는 매일 밤 그 안에서 잤다. 최후의 병에 걸렸을 때는 낮이고 밤이고 그 요람에 머물렀고, 누군가 간호를 하면서 흔들어주면 거기서 요람의 관능적인 고통을 느꼈다. 물론 여기서 요람을 흔들었다는 건 그를 돌보았다

는 의미다. 그는 요람 안에서 죽었고, 박물관 벽에
붙은 카드에 따르면 끝에는 행복했다고 한다. 내가
아이였을 때 가졌던 장식품 중 하나로 작고 빨간 벨
벳 썰매가 있었다. 나는 작은 인형을 거기에 넣어두
곤 했지만, 이제 그 썰매는 텅 비어 있다. 심지어 지
금은 그걸 좋아하지 않아서 트리를 장식할 때 그건
버릴까 생각도 했지만, 요람 속 남자를 떠올리고는
그냥 갖고 있기로 했다. 어머니와 아버지도 집 바깥
을 전구로 장식했다. 우리는 매해 다른 집에 살았기
때문에 그건 쉬운 일이 아니었다. 전구 줄 길이는 계
속 달라졌다. 매일 똑같은 집에 사는 사람들은 그런
일에 대해선 생각하지 않는다. 그것들의 치수는 늘
똑같고, 그 무엇도 조정할 필요가 없다. 전혀. 집 바
깥에 걸린 전구에 불이 들어오면, 아버지는 우리를
차에 태우고 동네를 돌아다니면서 다른 집의 전구
장식들을 살펴보았다. 가끔은 깎아내리는 말을 하기
도 했고, 가끔은 말없이 감탄하기도 했다. 아버지는
다른 전구 장식을 보고 감탄하면 이듬해에 우리 집
전구 장식을 바꾸곤 했지만, 그때쯤이면 우리는 새

로운 집으로 이사를 간 뒤였기 때문에 이웃 중 누구도 우리가 베끼기 선수라는 것을 몰랐다. 우리가 본 널찍한 장소 중에서 가장 아름다웠던 것은, 정중앙에 만들어놓은 얼음 연못과 손에 토시를 끼고 그 위를 지치는 실물 크기의 피겨 스케이터들이 있는 설경이었다. 여기는 남부 캘리포니아였으므로 눈, 얼음 연못, 스케이터들까지 모든 것이 가짜였다. 모형 스케이터들이 움직일 때면 얼음 아래서 씽씽하는 소리가 희미하게 들렸다. 지금 생각해 보면, 모터에서 나는 소리가 아니었나 싶다. 아버지는 그건 베낄 수 없었다. 아버지의 얼굴을 통해 당신이 패배했음을 알 수 있었다. 그 시절에는 모두가 전구를 갖고 있었다. 전구가 없는 집은 하나도 없었다. 그 점 하나는 확실히 바뀌었다. 오늘날에는, 오로지 가난한 사람들만 전구를 켠다. 그리고 가장 가난한 사람들이 대부분의 전구를 갖고 있다. 적어도 내가 사는 마을은 그렇다. 가장 가난한 사람들이 사는 거리가 있고, 크리스마스에는 전구들로 불이 난 것처럼 환하다. 잔디밭에는 전기 순록이 있고, 거대한 풍선 산타클로스가 있으며, 지붕 위로는 순록이 끄는 썰매를 타고 내려오는 산타라든가 그런 장식물들이 더 많이 달려 있다. 부유한 사람들은 그것이 흉하다고 생각하고, 더는 신경 쓰지도 않으며, 전기세가 많이 나올까 걱정한다. 그들은 차분하게, 자연스러운 삶을 살려고 노력한다. 그들은 직접 빵을 굽고, 쿠키와 케이크와 파이를 손수 만들며, 자기들이 마실 맥주를 빚고 자기만의 포도주와 온갖 술을 담근다. 여름에는 텃밭도 직접 가꾼다. 그리고 겨울이 되어 크리스마스트리나 호랑가시나무가 필요하면, 그냥 자기 땅에 가서 잘라 온다. 가난한 사람들은 돈을 쓴다. 그들은 상점에 가서 식료품을 사야 한다. 특히 기성품 종류로. 과거에는 그렇지 않았다. 어릴 적 나는 가난한 사람들이 모든 걸 직접 만들고 부유한 사람들은 물건을 사는 것으로 이해했다. 어머니는 식품점에서 케이크 한 판을 통째로 사며 우리는 직접 굽지 않아도 되니 운이 참 좋은 거라고 말했다. 이제는 모든 것이 뒤바뀌었다. 어머니와 아버지가 아직도 살아 있었다면 매우 혼란스러워했으리라. 우리 모두 결국에는 혼란스러워지리라 생각한다. 죽지 않는다면 말이다. 어쩌면 죽음만이 언젠가 일어날 수 있는 주요 혼란을 막아줄 것이며, 그렇게 혼란이 계속된다면 종국에는 우리 모두가 그로 인해 죽고 말 것이다. 내가 어렸을 때, 한 가지 크리스마스 의식이 나를 무척 혼란스럽게 했다. 어머니는 작은 도자기 썰매를 갖고 있었는데, 그것을 탁자 위에 놓아두었다. 그 썰매는 도자기 산타가 몰았고, 도자기 순록이 끌었다. 나는 매년 빈 성냥갑을 작은 선물처럼 보이도록 포장해 두곤 했다. 그런 뒤 우리는 그걸 썰매 안에 쌓아놓았다. 산타가 가져다줄 선물이었다. 하지만 그 선물 상자는 비어 있었고, 그 때문에 나는 슬펐다. 어머니는 탁자 앞에 앉아 담배를 피우며, 성냥갑을 포장지로 싸고 있는 나를 바라보았다. 우리 여기다 뭐 넣으면 안 돼요? 나는 물었다. 안 돼, 어머니는 말했다, 그건 가짜니까. 진짜인 척만 하는 건데도요? 내가 말했다. 지금 한 게 바로 그거야, 어머니가 말했다. 내 말은, 진짜인 척만 진짜로 하자는 거예요. 내가 말했지만 어머니는 그저 허공만 바라보았고, 나는 대화가 끝났다는 것을 알았다. 한 가지는 확실하다. 나는 크리스마스트리가 되고 싶진 않다는 것이다. 관심의 중심이 되면 좋기도 할 것이다. 화려한 장식을 한 채 조명을 밝히면, 사람들은 경외에 찬 눈빛으로 바라보고, 호들갑을 떨고, 홀딱 반하기도 할 것이다. 그건 분명 좋은 일이리라. 그렇지만 이윽고 전나무의 이파리는 떨어지기 시작할 테고, 사람들이 지루해져서 이제 모양이 보기 좋지 않다며 모든 장신구를 벗기고 길가에 내다 놓으면, 쓰레기차가 실어 가 부순 뒤 마침내는 태울 것이다. 바로 그게 끔찍한 부분이다. 어쩌면 그래서 오늘날에는 그토록 많은 사람이 가짜 트리를 사는 것일 수도 있다. 가짜 트리는 인기가 많다. 나뭇가지를 떼어 상자에 보관할 수 있다. 이런 트리는 죽을 때까지 하나만 갖고 있어도 되고, 자식들에게 물려줄 수도 있다. 그런 트리들은 진짜가 아닐지는 모르지만 보기만 해서는 차이를 말할 수 없다. 그래서 사람들을 언제나 행복하게 해준다. 차이를 말할 수가 없기 때문에. 그리고 행복은, 행복해지길 바라는 마음은, 그 무엇보다도 가장 자연스러운 것이다. 자신의 커다란 요람 속에서 잠든 남자는 행복했지만, 나는 그가 죽었을 때 사람들이 요람에서 날을 떼어내 그것을 관으로 쓰지 않은 이유는 전혀 이해할 수가 없었다. 그걸 알아차린 사람이 있는 것 같지도 않다. 결국 요람과 관의 차이는 언급할 가치도 없는 거나 다름없지만, 만약 그랬다면 후에 내가 박물관에서 그 요람을 보게 될 일도 없었으리라. 그걸 보지 못했더라면 나는 빨간 벨벳 썰매를 보관하지 않고 그저 내버렸을 것이다. 아니, 절대 그럴 순 없었겠지만! 크리스마스에 관해 말하자면, 크리스마스가 올 때면 나는 찰스 디킨스의 무릎 위에 꼭 붙어 앉아 그의 말을 복창한다. 환영합니다, 모든 것들이여!* 이렇게 기억에 선명히 남은 시기에, 모든 것이 아주 쉽게 그 무엇으로도 바뀔 수 있는 시기에. 바로 오늘, 우리는 허무가 들어오지 못하도록 막아내리라!**

* ** 각각은 찰스 디킨스의 〈우리가 나이 들어갈 때 크리스마스란〉이라는 에세이에 등장하는 문장이다.

※

자줏빛 슬픔은 클래식 음악의 슬픔이자 가지, 자정을 알리는 종소리, 인간의 장기, 매년 한 시기 동안 폐쇄된 항구, 너무 많은 의미가 담긴 단어들, 향, 불면, 그리고 초승달의 슬픔이다. 그것은 장난감 돈의 슬픔이며, 조각배에서 바라본 빙산의 슬픔이다. 자줏빛 슬픔에 맞춰 춤을 출 수는 있지만, 그러려면 천천히, 잠자는 거인이 담길 구덩이를 파듯 천천히 춰야만 한다. 자줏빛 슬픔은 구석구석 스며든다. 세계에서 가장 큰 니켈 매장층보다, 이 땅의 그 어떤 슬픔보다도 더 깊이 안쪽으로 파고든다. 그것은 보관소들의 슬픔이며, 긴 복도에 울려 퍼지는 구두 굽 소리의 슬픔이다. 그것은 어머니가 밤에 당신을 혼자 놔두고 문을 닫는 소리이다.

※

검은빛 슬픔은 작은 잿더미다. 그 잔해는 여러 지역에 걸쳐 흩어져 있다. 그것은 갈퀴의 슬픔이자 하이픈으로 연결된 이름의 슬픔이고, 자신을 포도라고 생각하는 구름의 슬픔이다. 그것은 가슴이나 목에 달 수는 있지만 아무도 거기에 서린 세밀한 슬픔을 보지 못하기에 너무나 슬퍼지는 브로치의 슬픔이다. 그것은 줄 없는 기타를 치는 여자의 슬픔이고, 여우로부터 헛되이 도망치는 토끼의 슬픔이다. 그것은 찢겨나간 슬픔이고 빌려준 슬픔이며, 그 어떤 단어도 빠져나올 수 없고 그 어떤 영혼도 튀어나올 수 없는 슬픔 속의 구멍이다. 폭탄의 발열하는 슬픔이다. 이전에는 우리 중 많은 이가 검은 벨벳 치마를 가지고 있었다. 그것은 축제에 가는 길의 꼬마 앤지 모스이며, 앤지는 그곳에서 자신의 첫 번째 모험을 시작하게 된다.

한 소녀의 이론

'티모시 웰스 씨는 커다란 헛간을 짓다가 떨어진 목재에 사고를 당해 즉사했다. 10월 18일, 우리의 하늘엔 구름 한 점 없던 맑은 날이었다. 참고로 그는 당시 스물여덟 살이었으며 사고 후에도 눈을 뜨고 있었다.' 여기까지 읽은 후에, 나는 묘지를 떠나야만 했다. 낚싯바늘에 미끼를 끼우는 방식은 부도덕하다. 나는 이런 생각을 하고 싶지 않아서 호숫가에서 떨어진 식당에 점심을 먹으러 가 창가 옆 칸막이 좌석에 자리를 잡았다. 창문에는 레이스 커튼이 달려 있었고, 커튼에는 도토리와 참나무 잎이 엮여 있었다. 내 앞으로 물 한 잔과 완두콩 수프 한 그릇, 하나로 포장된 소금 크래커 두 개가 나왔다. 옆 좌석의 두 사람이 얘기하고 있었다. 미래에 수십억 년이 지나면 말이야, 한 사람이 말했다. 수십억 년 전에는 말이지, 다른 사람이 말했다. 그 말에 나는 슬퍼져서 크래커 봉지를 두둑한 팁 옆에 그냥 놔두고 나왔다. 저 사람들은 무슨 얘기를 하고 있었던 걸까? 일단 나는 여러 개의 달이 떠 있는 행성에 여덟아홉 개의 심장을 갖고 태어난 아이를 상상해 보았지만, 그것으로는 어림없었다. 낚싯배가 호수 가장자리를 따라 까닥거렸다. 그 소리에 귀를 기울이는 사람은 아무도 없어 보였다. 언젠가 신은 당신의 지혜로운 뜻에 의해 (오래전, 영국에서) 뇌가 없는 아이가 태어나도록 했다. 아이는 며칠 동안 살았고, 그 후 의사들은 그 안에 빛을 비춰 보고서야 두개골 속이 빈 공간뿐이라는 걸 발견했다. 그 누구도 이 이야기가 실화라고 믿지 않는다. 그들의 뇌로는 믿을 수 없으니까. 하지만 나는 이 아이가 당신의, 즉 신의 사생아라고 생각했고, 아이에 대한 이야기를 읽은 모든 사람을, 당신은 죽여버린다.

어느 잡지에 보내는 편지

거절 편지를 써달라는 당신의 요청을 거절하기 위해 이 글을 씁니다. 사람은 살기 위해서 모든 걸 거절해야 합니다. 그건 아마도 진실이겠지요. 하지만 거절당한 사람들은 또 다른 사실을 압니다. 그들이 거절당하지 않았더라면, 현세의 꿈속에서 하늘이 지상으로 내려왔을 것이고 살아 있는 모든 형태의 것들이 무한히 개화하여 우리의 추악한 역사 위에 은빛이 감도는 막을 씌웠을 것이란 사실을요. 우리의 역사는 우연하게도, 거절에 반응하여 일어난 격렬한 변동을 통해 진전해 왔습니다. 그러니 거절이 없었더라면 현재 우리가 아는 대로의 지구는 지금 없었겠지요. 우리가 가진 이 덩어리란, 풍부한 광맥에서 내던져진 거절당한 돌이 아니라면 달리 무엇일까요? 거절당한 자들은 만약 그들이 거절당하지 않았더라면 그 결과는 세룰리안블루가 되어버렸을 거라는 사실을,

더욱 영원한 사랑 속으로 녹아든 영원한 사랑이 되었으리라는 사실을 알고 있습니다. 이것은 그들의 비밀이고, 그들 말고는 이 비밀을 그 누구와도 공유하지 않지요. 그리하여 그들은 믿지 못할 자로 남아버립니다. 천상의 화신으로 남게 되는 것이지요. 다른 이들은 부디 우리가 익히 아는 이 삶을 영원히 지속할 수 있기를 바랍니다. 그 혼합, 그 합성, 행복한 것, 슬픈 것, 풍성한 모든 것들이 태양 같은 달 아래서 정교한 균형을 이루며, 있는 그대로 존재할 수 있기를. 그러나 거절당한 이들은 홀로 곧은길을 걸어갑니다. 그들은 곧은 문으로 들어가고, 꿈속에서 다른 사람은 볼 수 없는 것을 봅니다. 모든 혼란의 끝을, 모든 고통의 끝을, 영원히 멋진 증기를 뿜어낼 천상의 안개를. 혹여 내가 당신의 생각을 단어로 옮겼다면 용서하세요. 이것은 의지가지없는 한숨을 나의 자그만 공간까지 닿도록 보낸 한 동지를 위해 내가 해줄 수 있는 최소한의 일이었습니다.

밀크셰이크

나는 결코 외롭지 않고, 지루하지도 않다. 내가 나 자신을 지루하게 할 때를 제외하고는. 이것이 외로움에 대한 나의 정의이다. 자신을 지루하게 하는 일. 한 신체를 쓸쓸하게 하는 일, 바로 그것이다. 오늘 나는 무척 지루하고, 무척 외롭다. 소금과 후추를 갈아 밀크셰이크에 넣는 것보다 더 나은 일은 생각할 수가 없다. 이것은 내가 열세 살 때부터 해온 습관으로, 너무나 오래전인 열세 살이라는 그 단어에서는 "오토만 제국"이라 말할 때와 마찬가지로 고색창연한 울림이 느껴진다. 전통적으로 13은 불길한 숫자이다. 열세 살 때는 단 하나의 동작만으로도 외로움과 지루함으로 향하는 길 위에 놓이게 된다는 것을 알지 못했다. 내 친구 비키와 나는 울워스 백화점의 간이식당에 앉아 주문한 밀크셰이크(비키는 초콜릿, 나는 바닐라)를 기다리고 있었고, 비키는 일어나서 화장실에 갔다. 비키가 자리를 비운 사이 초콜릿 셰이크가 나왔고, 나는 장난으로 소금과 후추를 그 위에 살짝 뿌렸다. 왜냐하면, 그때는 몰랐지만, 나는 어리고 냉혹하고 잔인했기 때문이다. 비키가 돌아와서 자기 빨대의 포장을 뜯고, 빨대를 밀크셰이크에 꽂은 후, 영겁과도 같은 긴 시간 동안 빨대를 쭉 빨았다. 그러고는 영원처럼 느껴지는 시간 동안 셰이크를 삼켰다. "지금까지 먹어본 밀크셰이크 중에 제일 맛있어." 비키가 한 말이었다. 하지만 그건 말이라기보다 감탄의 한숨처럼 나왔다. "내가 먹어본 밀크셰이크 중에 최고야." 이렇게 갑작스럽고 뜬금없는 방식으로 지루함은 시작된다. 나는 비키의 밀크셰이크를 먹어보았고, 내가 한 짓을 털어놓았다. 바닐라 셰이크가 나오자 우리는 거기에도 소금과 후추를 뿌렸고, 잠시 후 우리는 지루해져서, 쇼핑을 갔다. (어쨌거나 우리는 울워스 백화점 안에 있었으니까.) 다만 우리에게 쇼핑이라는 것은, 지루한 열세 살짜리라면 다들 알겠지만, 물건을 슬쩍 훔치는 일을 의미했다. 비키는 새롭게 출시된 작은 튜브형의 핑크색 바셀린

립글로스 하나를 훔쳤고, 나는 부활절 일요일 미사에서 착용할 노란 레이스 베일을 훔쳤다. 그걸 쓰고 미사에 가지는 않았지만 말이다. 대신에 나는 그 전날인 토요일 고해성사에 그걸 쓰고 가서, 신부님에게 내가 그날 훔친 것이 바로 지금 머리에 쓰고 있는 이 물건이라고 고해했다. 못할 것도 없잖나? 나는 달리 고해할 것도 없었으니까. 친한 친구에게 심술궂은 장난을 친 것조차 별일 아닌 일이 되어버렸기에 그 역시 딱히 신경 쓸 가치가 없어 보였다. 정작 신경이 쓰였던 것은 신부님이 내 고해를 들으며 지루해 보였다는 사실이었다. 나는 내 얘기로 신부님에게 충격을 줄 거라 생각했지만, 신부님이야말로 내게 충격을 주었다. 나는 어른들의 지루함에 대해서는 경험이 거의 없었기 때문이었다. 신부님은 내게 성모송 세 번을 암송하라는 권고를 주고는 칸막이를 닫았다. 무슨 일이 일어나고 있었던 걸까? 나는 베일을 훔친 다음 그 일을 고해함으로써 나 자신에게는 충격을 주었지만 신부님을 지루하게 했고, 신부님의 지루함은 나에게 충격을 주었다. 하지만 후에, 한참이 지난 후에 그 또한 내게 지루한 일로 느껴지고 말았다. 립글로스가 클로버만큼이나 흔해지고, 가톨릭 여성들은 머리를 미사포로 덮어야 한다는 생각이 고리타분해지고, 신부들이 냉혹하고 잔인하다는 의심을 받고, 그리고 소금과 설탕의 조합이 열광적인 유행이 되어 그런 음식이 화려한 술집이나 고급 식당에서 나오게 된 이후로 말이다. 하지만, 앞서 말했듯, 나는 결코 외롭지 않고 지루하지도 않다. 만일 오늘은 예외라고 하더라도, 그것은 오랜 세월을 거쳐 내려온, 매일의 예외일 것이다. 매일은 내일이 되고, 내일은 오늘이 되며, 오늘은 어제가 되기 때문이다. 나는 우리 중 그것을 바꿀 수 있는 이는 거의 없을 것임을 고해하는 바다.

※

회색빛 슬픔은 종이 클립과 고무줄의 슬픔이며, 비와 다람쥐, 껌, 진정 크림과 상처용 연고, 영화관의 슬픔이다. 회색빛 슬픔은 모든 슬픔 중에서 가장 흔하다. 그것은 사막의 모래와 해변의 모래의 슬픔이고, 주머니 속 열쇠, 선반 위의 깡통, 빗에 낀 머리카락, 드라이클리닝, 그리고 건포도의 슬픔이다. 회색빛 슬픔은 아름답다. 하지만 그 무엇과도 대체할 수 없는 파란빛 슬픔의 아름다움과 혼동해서는 안 된다. 슬픈 말이지만, 회색빛 슬픔은 대체될 수 있다. 매일매일 대체될 수 있다. 그것은 눈보라 속에서 녹아가는 눈사람의 슬픔이다.

＊

빨간빛 슬픔은 비밀스런 슬픔이다. 빨간빛 슬픔은 절대로 슬퍼 보이지 않으며, 무대 위 허공을 가로지르는 니진스키*처럼 모습을 드러낸다. 그것은 불현듯 떠오른 열정, 분노, 공포, 영감, 그리고 용기 속에서 나타난다. 볼 수도 없고 팔 수도 없는 환영들 속에 자신을 내비친다. 그것은 찻주전자 덮개 아래 숨겨진, 거꾸로 뒤집힌 1페니 동전이다. 아무리 평정한 성정에 흔들림 없는 마음을 가진 이라 해도 그로부터 자유로울 순 없다. 그리고 언젠가 한 큐레이터는 거기에 이런 꼬리표를 붙인 적이 있다. '이 주머니의 손상되기 쉬운 속성 때문에, 지금껏 이 쪽지를 떼어내려는 시도는 한 번도 없었습니다.'

* 20세기 초에 세계적인 명성을 떨친 러시아의 발레리노.

구름 속에서

그때는 여름이었고 구름이 너무 많이 끼어서 우리는 어떻게 해야 할지 몰랐다. 하늘에 구름이 넘쳐흘렀다. 우리의 거리에, 우리의 집에, 우리의 서랍에, 우리의 수납장에 구름이 있었다. 구름은 우리의 차에, 우리의 버스에도 있었고, 나는 택시에서도 구름을 보았다. 그 누구도 그렇게 많은 구름을 본 적이 없어서, 너무나 자주 배가 터질 듯이 나타나서, 아무도 구름이 없었던 때를 기억할 수 없는 지경이 되었다. 우리의 입법자들은 그 구름을 다른 나라로 실어 보내려 했으나, 다음과 같은 질문만이 돌아왔다. 그토록 많은 구름으로 대체 뭘 하겠는가? 바람도 없고, 비도 없었다. 끝없이 솟아오르는 구름을 부수거나 막아낼 것은 아무것도 없었다. 화성으로 실어 보내면요, 누군가 말했다. 하지만 화성은 그 구름을 유지할 능력이 없었다. 그러려면 대기가 필요했으니까.

이 얼마나 기이한가. 수많은 구름이 우리의 대기를 뒤덮었고, 모든 시민은 자신이 극장 안의 어떤 연극 속에서 서로의 기분에 휩쓸린 채 잠재의식 속의 명령을 향한 끝없는 향수에 휘둘린다고 느꼈으니 말이다. 구름의 이미지에 놀라거나 종종 겁까지 먹는 사람은 내가 처음이 아니었다. 구름은 이 지상의 것 같지 않은 빛을 띤 긴 그림자를 드리웠다. 어떤 것은 파랑이었고, 어떤 것은 회색이었으며, 어떤 것은 검정, 어떤 것은 하양, 어떤 것은 분홍, 어떤 것은 라벤더, 어떤 것은 주황, 어떤 것은 으스스한 자주색이었다. 모두가 우리 위로 황홀과 적막을 던졌다. 나는 이것저것 가리지 않고 군중의 불평을 기록해 두었다. 해결책을 향한 우리의 꿈은, 가장 흐릿한 꿈조차 완고한 현실의 깊고도 생명력 넘치는 뿌리 속에 녹아 사라졌다. 우리를 지켜보고 있는 흐늘흐늘한 구름의 초상은 부정할 수 없는 현실이었다. 그 구름은 비합리적이었고, 어불성설이었으며, 당혹스럽고 놀라울 따름이었다. 또한 고독했고, 층이 지어 있었으며, 물고기 등 무늬가 점점이 그려진 모습이었다. 환상적으로 빚어진 모양인 동시에, 하루가 길다는 기분처럼 단조롭기도 했다. 구름은 우리에게 최면을 걸었고 우리를 마비시켰다. 그렇지만 그 구름은 가장 높고 가장 낮은 곳에 머물렀으며, 구름의 꼼꼼하고 정확한 현실성 덕분에 우리는 그것들을 생포해 동물원처럼 가두고 먹이를 줄 수 있다는 확신을 얻었다. 한참 뒤 연구가 가능하게 될 미래에는, 우리 말고 다른 이들이 이 구름의 일시적이지만 잠식해 오는 총체적 현실감의 무게가 무엇이었는지 알아볼 정도는 될 것이었다. 그리하여 어쩌면 그들은 그 구름을 이해하는 일이, 구름이 어째서 우리 주위에 그렇게나 바글바글 모여들었는지 이해하는 일이 가망 없다는 것을 이해할 수 있게 될지도 몰랐다. 우리는 그 구름을 중단시킬 뇌를 왕관처럼 머리에 두르고 있었음에도 그 일은 결국 불가능하다는 것이 증명되었으며, 이를 기억하는 이조차도 이제는 거의 남지 않았다. 다만 오랜 세월이 흐른 지금도, 어느 일요일 같은 날 구름 한 점 없는 하늘 아래를 나른하게 거닐다 오른손에 솜사탕 막대를 횃불처럼 든 아이를 만날 때면, 그해

여름의 익숙한 외침이 나를 향해 다시 돌아온다. 수
많은 아이들의 입에서부터 나와 떠돌던 그 소리가.
'오 어머니, 오 아버지, 두 분은 어디 있나요? 이렇게
많은 구름 속에서는 두 분을 찾을 수가 없어요.'

나의 사유 재산

슬프게도, 슬프지 않게도, 요즘은 그 누구도 예술로
서의 슈렁큰 헤드*에 관심을 보이지 않는다. 남자도,
여자도, 아이들도 거리를 걷고 들판을 가로지르고
숲으로 들어가고 바다의 가장자리를 따라 뛰어다니
지만, 그 누구도, 내가 아는 한, 슈렁큰 헤드에 대해
선 생각하지 않는다. 나는 슈렁큰 헤드에 대해 생각
하지만 그 생각은 나 혼자만, 즉 내 머릿속에만 간직
한다. 그 주제가 언급되기라도 한다면, 슈렁큰 헤드
를 만들기 위해 머리를 잘라내는 데 수반되는 폭력
을 떠올림으로써 공포와 마주하게 되기 때문이다.
그러나 아마존의 부족들은, 예술적으로나 개념적으
로나, 경외받을 만한 천재성을 보여주었다. 인간의

* shrunken head. '쪼그라든 머리'라는 뜻. 현재까지 알려진 바로는 일부
아마존 부족의 전통으로, 전리품이나 장례 의식 등의 용도로 인간의 머리
를 절단해 속을 비운 후 수축시켜 보존한 것을 가리킨다.

머리를 축소하여 보존하는 것은 대피라미드에 버금 갈 정도로 영광스럽고 경이로운 일이니까. 나는 최근에 토르 헤이에르달의 베스트셀러 《콘-티키Kon-Tiki》에 실린 슈렁큰 헤드에 관한 글귀를 우연히 보았다. 이 책은 1947년 헤이에르달이 다섯 명의 동료와 함께 돛이 달린 단순한 나무 뗏목을 타고 페루의 해안을 떠나 101일 후 남태평양의 무인도에 도착한 이야기를 담고 있다. 전문 선원들조차 재난으로 끝나리라 예측한 그 항해는, 폴리네시아가 남미 대륙에서 이주해 온 민족들이 정착한 곳이라는 헤이에르달의 이론을 증명하기 위해 착수되었다. 이 책은 요즘엔 많이 읽히지 않지만, 내가 굿윌*에서 발견한 판본은 1962년에 찍은 21쇄라고 되어 있었으니 책의 62페이지에 지나가듯 언급된 슈렁큰 헤드에 대해 꽤 오랫동안 사람들이 생각해 봤을 거라 여겨도 온당할 것이다. 헤이에르달과 그의 선원들이 리마의 선창에서 뗏목을 짓고 있던 1947년쯤에는 슈렁큰 헤드 매매 시장이 엄격히

---

* 중고 물품을 판매하는 자선 상점 브랜드.

불법이었지만, 인체의 절단된 윗부분을 팔아 생계를 유지하는 사람들은 여전히 있었다. 아마존 정글은 무척 빽빽하기에 그런 일은 통제하기가 어렵다. 헤이에르달이 쓴 설명은 짧고 간략하지만 그 작업이 이런 식으로 행해진다는 것은 알 수 있다. 필요한 머리를 절단한다. 두개골을 부수어 목을 통해 꺼낸다. 머리 가죽은 마치 살로 된 자루인 양 그대로 남겨두고, 거기에 뜨거운 모래를 채운다. 그러면 이 자루는 그 형태나 특징을 잃지 않은 채로 쪼그라든다. 그렇게 쪼그라든 머리는 오렌지 정도의 크기가 된다. 토르 헤이에르달의 선원 중 정글에서 오래 살았던 한 명에게는 살해당해 슈렁큰 헤드가 된 친구가 하나 있었다. 그의 머리는 살인자들을 살려주는 대가로 교환받기로 약속되었고, 그 작은 머리는 마침내 죽은 이의 아내에게 전해졌는데, 그를 받은 아내는 기절해 버리고 말았다. 그 후 그 머리는 트렁크에 보관되었고 거기서 곰팡이가 슬었기에 이따금 머리카락을 빨랫줄에 걸어 바람에 말려줘야 했다. 죽은 이의 아내는 그것을 볼 때마다 기절했다. 그러던 어느 날

쥐 한 마리가 트렁크에 들어갔고, 그것이 그 머리의 종말이었다. 쥐에게 먹혀버린 것이다! 벌레에게 뜯기는 건 즐겁지는 않지만 불가피한 일이었다. 하지만 쥐에게 머리가 뜯어 먹히다니, 머리가 한 조각의 곰팡이 핀 치즈 요리가 되어버리다니. 그것은 힘의 역전에 대해, 어리석음과 허영에 대해 많은 것을 시사해 주었다. 이는 언젠가 보았던 19세기의 일본 회화 한 점을 떠올리게 했다. 가와나베 교사이의 〈책을 필사하는 쥐들〉*이라는 그림이었다. 그 그림 속에서 붉은 눈의 하얀 쥐들은 기모노를 입고 낮은 책상 앞에 무릎을 꿇고 앉아 책을 필사하고 있고, 한쪽 구석에서는 옷을 입지 않은 검은 쥐들이 앞서 필사된 책의 페이지들을 뜯어 먹고 있었다. 내 머리를 책이라고 생각하면 너무 허영심이 강한 걸까? 나는 글을 쓰면서 내 머리라는 책을 필사하는 것은 아닐까? 쥐에게 뜯어 먹힐 머리를! 나는 슈렁큰 헤드에 관해 좀 더 알아야 했기에, 그것이 어떻게 이루어지는지에

*'Mice transcribing a book'으로 검색하면 해당 작품을 찾아 볼 수 있다.

대한 더 자세한 설명을 조사하여 찾아냈다. 그것은 내가 알기로 오늘날엔 슈아르족으로 알려진, 에콰도르와 페루의 아마존에 사는 히바로 원주민이 사용하는 방식이었다. 이 민족 중심주의적 양식은 놀라울 정도로 복잡하다. 히바로족 혹은 슈아르족은 머리의 살을 뒤까지 갈라 두개골을 꺼낸 뒤 하신河神을 달래고자 그것을 강물 속으로 던진다. 눈과 입은 영혼을 마비시키기 위해 단단히 꿰맨다. 폭력으로 죽은 영령이 복수를 하려고 덤빌 수도 있기 때문이다. 살만 남은 머리는, 가죽이 검게 변하고 고무처럼 질겨지며 원래 크기의 3분의 1이 될 때까지 두 시간 동안 삶는다. 그런 다음 가죽을 뒤집어 그 안에 아직 붙어 있는 살을 긁어내고 다시 머리를 뒤집으면, 이제 그것은 속이 빈 고무장갑처럼 보인다. 마지막 수축은 모래와 뜨거운 돌을 사용한다. 뜨거운 돌은 한번에 한 개씩 목의 열린 구멍으로 떨어트리는데, 안에서 타지 않도록 계속 위치를 바꾼다. 모래는 돌이 채울 수 없는 곳, 가령 코와 귀의 공동으로 들어가고, 뜨거운 돌로는 꿰맨 곳을 봉하고 형태를 잡도록 바깥쪽에서도 지진다. 거치적거리는 털은 그슬어 없애고, 마무리된 작품은 단단해지고 검어지게끔 불 위에 걸어둔다. 입술은 불에 달군 마체테 칼로 문질러 말린 뒤 천연 섬유로 묶는다. 슈렁큰 헤드를 가리키는 단어는 'tsantsa'('산-사'라고 발음한다)로, 그 제조법은 누구나 기억할 수 있을 만큼 오랜 시간 존재해 왔으며 기원을 알 수 없을 정도로 오래된 기술이다. 제작자가 매일 작업에 임한다면 머리 하나를 수축하는 데 대략 일주일이 걸린다. 목에 걸고 다닐 수 있도록 끈 한 오라기를 꿰어 넣은 후에는 의식을 거행한다. 적의 머리는 무찌른 이들의 영령이 담겼기에 트로피, 일종의 살아 있는 트로피이다. 하지만 어떤 부족은 의식이 끝나면 머리를 보존하지 않고 짐승의 먹이로 주거나 아이들에게 갖고 놀다 잃어버릴 장난감으로 주었다. 이런 경우에는 그 머리가 인형이라고 할 수 있는데, 차이가 하나 있다. 그것은 그야말로 모든 여자아이들의 꿈인, 진짜 인형인 것이다. 슈렁큰 헤드를 위조하기란 어려운 일이지만, 백인들이 끼어들어 상품이 되자 많은 이들이 가짜를 만들고자

애썼다. 영리한 이들은 다른 동물들, 예컨대 원숭이나 염소의 머리도 함께 이용했다. 가치가 있는 곳엔 전문가가 있게 마련이다. 전문가들은 코털과 귀는 특히 위조가 어렵다고 말한다. 슈렁큰 헤드가 진짜인지 아닌지를 감정하는 전문가는 렘브란트의 것으로 추정되는 그림이 진짜인지 아닌지 판정하는 미술 전문가와 크게 다르지 않다. 확대경이 사용되니까. 하지만 나는 슈렁큰 헤드가 진짜 음식인지 아닌지 말고는 전혀 신경 쓰지도 알지도 못했던 그 쥐가 계속 생각난다. 우리는 육포를 먹지 않나? 무엇보다 나는 하나의 머리가 죽은 뒤에도 여전히 운명을 가질 수 있다는 발상이 좋다. 빨랫줄에 걸린 남편의 머리를 볼 때마다 기절했다는 여자의 이야기를 떠올리면, 내가 처음으로 슈렁큰 헤드를 마주쳤던 때로 돌아간다. 그때 나는 열여섯 살이었고 브뤼셀에서 학교를 다녔는데, 종종 등교를 빼먹고 이른바 땡땡이를 쳤다. 그리고 그럴 때마다 늘 똑같이 하던 일이 있었다. 전차를 타고 시 외곽으로 가서 콩고 박물관이라고 불리는 대리석 건물 곳곳을 돌아다녔다. 열여섯의 나는 작가는 아니었을지 몰라도 단언컨대 공상가였고, 벽에 걸린 카누 아래를 거닐거나 박제된 코끼리를 바라보거나 내가 각별한 유대감을 느낀 가면의 눈구멍을 들여다보며 그 자유로운 감정에 황홀할 정도로 행복해했다. 물론 되돌아보면 부끄러움이 차오르지만, 그건 내가 느꼈던 자유의 기분 때문은 아니다. 자유란 누구든 절대로 부끄러워하지 않아야 할 것이니까. 나는 내게 있었던 순전하고 전적인 무지 때문에 부끄러운 것이다. 내 무지가 학교 수업을 빼먹었기 때문에 생긴 결과는 아니라고 이제는 말할 수 있다. 그리고 학교는 내가 진실이라고 알게 된 것을 가르쳐주지 않았다고 확언할 수 있다. 내가 거닐던 박물관이 강간과 수탈, 약탈과 억압, 살인 위에서 지어졌으며 그 안의 모든 것이 훔친 것이었다는 진실을. 그런 습득 행위에 필요했던 부조차도 훔친 것이며, 너무나 더럽고 차마 입에 담기도 어려운 악의 힘으로 취득한 부라는 사실을 말이다. 이러한 악은 차마 우리의 머리로는 헤아릴 수 없고 딱 들어맞는 한마디 단어조차 없어서, 나는 그저 끝없는 단어들의 복도에 기댈 수밖에 없다. 존재하지 않는 이해의 내밀한 방을 가망 없이 찾는 탐색 속에서, 하나의 복도를 돌면 지난 복도보다 천 마일은 더 긴 또 다른 복도로 들어서게 되는 것이다. 이 수백만 개의 단어 속에서 시간은 흐르고, 그 시간에 맞추어 노예제 또한 흘러간다. 서류에서만이라고 해도, 한 페이지가 수천 장의 페이지 속으로 천천히 넘어가고, 그런 뒤 두 단어가 등장한다. 고무와 상아. 자동차 타이어와 피아노 건반의 형태로 다른 것들과 세계를 두르는 강으로부터 떨어져 나온 것들. 그러나 더 많은 자동차 타이어와 더 많은 피아노 건반, 그리고 그런 것들의 등가물인 돈으로 이어지는 복도를 따라 상업과 문화가 우리를 재빠르게 끌어내린다. 한편 나는 슈렁큰 헤드의 길을 가보고 싶다. 인형, 부드러운 고무 같은 살, 상아 같은 도자기, 피부와 뼈, 얼굴과 가면의 길도 함께 말이다. 열여섯 살 때, 나는 아직 인형의 세계로부터 크게 벗어나지 않았었기에 콩고 박물관에서 내가 슈렁큰 헤드와 사랑에 빠진 것도 그리 놀랄 일은 아니었다. 물론 그 머리는 아마존 부족의 것이 아니라 아프리카 부족의 것이었다. 나는 아프리카 대륙에서 그 기술이 어떻게 발달했는지는 모르지만, 천재는 어디든 있기 마련이다. 지금까지 늘 그래왔고, 앞으로도 늘 그럴 것이다. 그리고 그와는 반대로 생각하는 사람도 늘 있을 것이다. 앞서 말했듯, 슈렁큰 헤드는 사람이 선뜻 다가갈 수 있을 만큼 실제 인형과 유사하며, 이런 점에선 아이의 장난감이자 어른의 장난감이다. 결국에 그것은 또 다른 사람인 것이다. 그때나 지금이나, 나는 함께 놀 만한 누군가를 만나는 일의 매력에 면역력이 없다. 그는, 마치 거미가 그러듯, 보이지 않는 실로 나보다 키가 큰 유리 진열장의 꼭대기에 대롱대롱 걸려 있었다. 그는 오렌지만 한 크기였다. 그는 특이했고, 특별했으며, 인간적이었고, 순전히 진짜 사람이었다. 눈과 눈썹과 머리카락을 그대로 가진 사람. (아프리카인들은 인형의 눈을 감기지 않는다고 한다.) 나중에서야 나는 머리카락과 눈썹은 얼굴의 살과 함께 수축하지 않는다는 것을 알게 되었다. 그리하여 쪼그라든 사람들은 아이처럼 풍성한 속눈썹이 있고, 머리카락은 얼굴보다 훨씬 길다. 물론 비율을 맞추고자 하는 인간의 충동은 너무나 거대하기에 머리카락을 자르는 경우도 가끔 있지만 말이다. 그러나 내가 본 자의 머리카락은 길었고 잘리지 않았으며, 당시는 1969년이었기에 나는 그런 것들에 대해선 생각하지도 않았다. 내가 좋아하던 남자들은 모두 머리카락이 길었고 자르지 않은 상태였으니까. 그의 피부는 가지처럼 반들거리는 윤기가 흘렀고(기름을 바른 게 분명했다), 그 채소의 모든 자줏빛이 그 피부 속에 있었다. 코는 넓고 납작했으며, 눈은 쑥 들어가서 부자연스러울 정도였지만 아름답게 빛났다. 그러나 이제는 너무 오랜 세월이 흘러서, 그곳에 무엇이 있었고 무엇이 없었는지 확신할 수가 없다. 그래도 나는 그의 얼굴을 바라보기 위해 수없이 과거로 돌아갔다. 그러면 그는 잠시 후 내가 바라보는 대상이 되었고, 어느 시점부터 나는 그와 이야기를 나누기 시작했다. 그렇다. 나는 무생물체에 생명을 부여했다. 하지만 애초에 한 인간의 머리를 무생물체라고 할 수 있을까? 그는 해골이 아니었고, 썩지도 않았으며, 어떤 식으로든 난도질되지도 않았다. 그는 과거에도, 그리고 그 당시에도 한 사람이었다. 우리가 무엇에 대해 이야기를 나누었는지는 기억나지 않는다. 하지만 내가 그를 소유했듯 그도 나를 소유했다. 그리고 사랑하는 사람의 머리를 소유하는 것은, 적의 머리를 소유하는 것과 마찬가지로, 세상에서 가장 심각한 질병이다. 나는 눈을 가린 채로도 박물관에 들어가 제대로 모퉁이를 차례차례 돌아 내 눈높이에 걸린 그와 마주할 수 있었다. 그의 표정은 절대로 잊지 못할 것이다. 그는 움찔 놀란 표정이었다. 다른 단어는 떠오르지 않는다. 내 모습은 볼 수 없었지만, 나 또한 움찔 놀란 표정이었으리라. 우리는 마치 불시에 사슴을 마주치고는 사슴과 나 둘 다 서로 놀라 잠시 얼어붙은 것처럼 그렇게 마주 보고 서 있었고, 그 대화 속에는 오로지 하나의 눈길만이 있는 듯했다. 나와 상대방이 똑같은 눈을 공유하기라도 한 듯이. 세월이 흘렀다. 나는 그 도시를 떠났고, 다시 돌아가지 않았으며, 그 박물관의 간판도 바뀌었을 게 분명하다. 그러나 그 슈렁큰 헤드가 남긴 인상은 전혀 바뀌지 않았고, 이제 나는 어째서 인간은 슈렁큰 헤드의 기술을 매장 의식에 포함시키지 않는지가 궁금하다. 진심이다. 도대체 무엇 때문에 우리는 매장하는 죽은 자의 머리를 따로 떼어놓지 못하는 걸까? 우리는 그 머리를 오렌지(혹은 사과) 크기로 만들어 보관할 수도 있는데? 우리의 가장 깊은 사랑과 존경을 담아, 우리의 후손들을 위해, 그 머리를 조상으로 삼을 사람들을 위해, 단지 조상이라서가 아니라 우리가 사랑하는 사람들의 사랑하는 사람들을 위해서라면? 사랑에서 우러난 하나의 행위가 수 세대에 걸쳐 전해 내려와 우리가 미래라고 부르는 것을 지금껏 얻어내지 않았는가. 물론, 사랑은 생식에 포함된다는 것을 나 또한 사실로 간주하고는 있지만 그렇지 않은 경우도 많기에, 사랑이 제일 위대한 여행자라는 말을 하기는 좀 망설여진다. 그냥 쉽게 섹스라고는 말할 수 있을 것이다. 어쩌면 사랑은 그저 섹스를 향한 상징적 행위일 수도 있으니까. 그것이 산 자와 죽은 자를 향한 상징적 행위인 것만은 분명하니까. 무엇보다도 나는 죽은 자들을 향한 상징적 행위로서의 슈렁큰 헤드에 가장 큰 관심이 있다. 인간으로 존재한다는 표식에는 죽은 자들을 향한 상징적 행위가 포함된다. 다른 동물은 인간이 하는 것만큼 그렇게까지는 하지 않는다. 우리는 우리가 사랑하는 죽은 이들의 머리가 담긴 사진을 갖고 다니지 않는가? 그들의 머리를 액자에 넣어 우리에게 소중한, 그리고 우리를 이 삶에 묶어주는 모든 것을 떠올리게 할 용도로 난로 선반 위에 보관해 두지 않는가? 사진이 있기 전에는, 부유층의 확산과 상업 및 문화의 조짐이 나타나기 전까지는, (여유가 되는 이들에겐) 손으로 그린 세밀화가 있었다. 사람들은 머리를 섬세하고 정밀하게 그린 그림을 펜던트 목걸이나 케이스에 보관하여 재킷 또는 코트 안쪽에 넣어 가지고 다녔다. 긴 여행을 떠나는 사람은 그런 식으로 머리를 들고 다니곤 했다. 벨기에의 장교이자 용맹한 탐험가였던 한 사람도 그렇게 머리 하나를 들고서 아프리카의 정글로 들어갔을 것이다. 다니스 사령관(후에는 남작)으로 불린 그는 카탕가까지 가는 길에 그것을 소지한 채 이따금 코트나 재킷에서 꺼내어 들여다보곤 했으리

라. 그러면 그의 마음은 사랑으로 가득 찼으리라. 설령 그 사랑이 주변의 나뭇잎이나 근방에 거주하던 원주민들 그리고 그들 중 세밀화가 못지않게 슈렁큰 헤드를 만들었던 예술가들에게까지는 미치지 않았을지라도 말이다. 인간의 마음은 인간의 머리만큼이나 헤아리기 어렵다. 둘 다 인간의 행동, 그중에서도 가장 헤아리기 어려운 일들의 원인이 된다. 언제부터 정신과 의사와 심리학자가 '슈렁크'*로 불리기 시작했는지는 모르지만, 그 용어는 지금껏 널리 쓰였다. 고백건대 나는 왜 그 용어가 쓰이는지 이해할 수가 없다. 심리 치료를 받아본 개인적 경험에 비추어 볼 때, 그들은 여러 놀라운 방식으로 오히려 머리를 팽창시켜주는 데다 더 넓은 전망으로 이끄는 새로운 시야로 자신과 타인을 볼 수 있도록 정신을 교육하기 때문이다. 심리 치료에서 작은 것이라고는 없다. 내가 처음 슈렁크를 만난 건 어머니가 돌아가신 뒤

* shrink. '쪼그라들다' '수축하다'라는 뜻의 동사 외에, 정신과 의사 등을 비격식적으로 부르는 명사로도 쓰인다.

였다. 그때 나는 40대 중반이었고, 나 자신이 무척 지적이라고 생각했다. 내 지성의 상당 부분은 내가 실제로는 얼마나 무지한지에 대한 완전한 무지에 기대어 있었다. 나는 다니스 사령관과 별반 다르지 않았다. 죽은 자의 머리를 보존하는 예술에 있어서는 콩고인들이 훨씬 더 우월하다는 걸 깨닫지 못한 채 세밀화로 그린 머리를 지니고 정글로 들어간 그 벨기에 귀족 말이다. 심지어 요즘에도, 사후 수축의 방법으로 죽은 자의 머리를 보존하는 일에 대해 생각할 때면 나는 무지하다. 그래서 나는 웬만하면 내 계획의 장애물이나 모순점에 대해 멈춰 서서 숙고해 보는 일도 하지 않으려는 편이다. 예컨대, 내 어머니의 머리는 어떻게 해도 수축시킬 수가 없었다. 어머니는 끔찍한 사고에서 유발된 부상으로 돌아가셨는데, 사고 후 어머니 인생의 남은 몇 주 동안 당신의 머리는 인간이라 할 수 없을 정도의 비율까지 부풀어 올랐다. 어머니의 머리는 빠르게, 사람의 머리 크기에서 수박 크기로, 그러다 호박 경연 대회에서 입상할 만한 크기까지 커졌다. 나는 지금 공포 영화를 보고 있는 거라고, 그 머리는 진짜가 아니라 특수 효과로 만들어낸 거대 괴기 인형이라고 스스로 생각하지 않고서는 그것을(어머니를) 차마 바라볼 수가 없었다. 슈렁큰 헤드와 달리, 인간의 머리는 커지게 되면 원래의 형태가 유지되지 않는다. 눈과 코와 입이 모두 거대한 젤라틴 같은 덩어리 속으로 사라져버린다. 그런 머리는 원래 주인이었던 사람과는 어렴풋하게라도 닮지 않았다. 정말로 그러하기에, 나는 어머니의 사진을 병실 침대 위에 핀으로 꽂아두어 의사와 간호사로 하여금 그들의 환자가 원래 어떤 모습이었는지 알 수 있도록 해주었다. 지금 돌이켜보면 그런 사진을 붙여놓은 건 이상한 행동이었다. 어차피 사고 전에 어머니를 알았던 의료진은 없었고, 언젠가는 어머니의 머리가 쪼그라들어 다시 알아볼 수 있는 크기로 바뀔 거라는 희망도 없었기 때문이다. 내가 그 사진을 꽂았던 건 나 자신을 위해서였던 것 같다. 내가 알던 어머니의 모습으로 어머니를 기억할 수 있도록. 아니, 어머니의 머리는, 슬프게도, 아무리 위대한 예술가가 온다고 해도 쪼그라트릴 수 없었을 것이다. 하지만 어머니의 머리는 열두 개의 슈렁큰 헤드가 등장하는 나의 공상 속에 늘 모습을 비쳤다. 그 공상 속에서 각각의 머리는 잊을 수 없는 깊은 손길을 남기며 내 인생을 거쳐 간 누군가의 머리였다. 나는 내 열두 개의 머리를 특별히 그들을 위해 제작한 달걀 상자 안에 보관할 작정이었다. 열두 개의 사랑하는 머리는 안전하게, 그리고 함께 보관될 것이며, 나는 그들이 곰팡이가 슬거나 썩어가도록 놔두지 않으리라. 쥐가 가까이 가도록 놔두지도 않으리라. 그들의 운명은 살았을 때와 똑같이 머무르리라. 비록 오렌지 크기로 휴대용이 되었다고 해도, 지금의 모습 그대로 있으리라. 그러면 이따금 나는 그것들을 꺼내어 바라보며 움찔 놀랄 것이다. 나는 자기 남편의 머리를 보고 기절했다는 그 여자를 떠올린다. 나도 내 손에 사랑하는 이의 머리 하나를 쥐게 된다면 기절할 것 같은 아찔함을 느낄지 모르리라 생각한다. 하지만 익숙해질 수도 있으리라 생각한다. 점차 차분해져서는, 가장 다정한 방식으로 감명을 받으리라. 내 손에 안긴 그들이 작고 빛나는 눈으로 부드럽고 안전하게(슈렁큰 헤드는 깨어질 수 없을 테니까) 쉬는 모습을 보면서. 그래, 그렇게 작고 빛나는 눈으로 부드럽고 안전하게 쉬고 있는 머리는 마치 아기가 되어 다시 살아 돌아온 듯하고, 그럼 나는 그들의 얼굴을 만져볼 수 있으리라. 그 아기의 머리를 나의 사유 재산으로 생각한다는 것이 부끄럽지만, 정말로 나는 그렇게 여긴다. 인간의 머릿속에서는 모두를 위해 존재하는 유일한 자유를 찾을 수 있다고 한다. 그런데 그런 자유가 점점 외로워지고, 지루해지고, 겁을 먹고는, 또 다른 머리와 합류하기를 바라게 되는 일도 무척 잦다고 한다. 그리하여 하나의 머리를 소유하는 것만으로는 충분치 않아서, 자신의 머리를 소유하는 일이 다른 이의 머리를 갖고자 하는 욕망으로 커져가는 일도 잦아진다. 사랑과 소통을 향한 완벽히 자연스러운 욕망에서 우러난 채로 말이다. 그러나 탐욕에서, 통제와 권력을 향한 욕망에서 괴물이 자라나기도 한다. 되도록 많은 머리를 소유하고자 하는 욕망이 자란다. 우리 중 그 누구도 여기에 면역력이 없다. 어느 누가 더 많은 의뢰인을, 환자를, 고객을, 독자를 원치 않겠는가. 욕망은 인간 같지 않은 크기까지 부풀어 오를 수 있다. 그래서 벨기에의 국왕은 방대한 영토를 자신의 사유 재산으로 선언해 버렸던 것이다. (왕은 알지 못했겠지만) 일주일간의 숙련된 작업을 통해 완성되는 모든 슈렁큰 헤드를 포함해 그 영토 내에 있는 모든 머리까지도. 나는 인간의 머리에 대해 생각하는 데 상당한 시간을 보내고, 정신과 의사를 만나고 온 뒤로는 여느 때보다도 많은 시간을 그 일에 쓰고 있지만, 여전히 그 머리에 대해서는 무엇도 제대로 알지 못한다. 나는 심지어 내가 나 자신의 머리를 소유하고 있는지도 확신할 수 없다. 하지만 내 안의 가장 깊은 곳에 있는 환상은, 달걀 상자 속에 아늑하게 자리 잡은 열두 개의 사랑하는 머리를 소유하는 것이다. 결핍의 순간에 내 무한한 사랑과 교환하는 대가로 나를 안정시켜줄 수 있도록. 이런 내가 어떻게 스스로를 자애롭다고 말할 수 있을까? 나는, 나의 개인적인 사유 재산으로, 열두 개의 머리를 원한다. 나는 종종 신이 자기가 중요하며 여전히 의미가 있다는 점을 상기하고 싶어서 사람들의 기도를 필요로 한다고 생각했다. 우리의 탄원하는 눈길이 없다면, 신은 관념의 박물관에서 끈에 매달려 있는 슈렁큰 헤드 이외에 무슨 존재가 될 수 있겠는가? 가끔 나는, 이제 내게는 남은 장소가 없기에 콩고 박물관으로 돌아가는 것밖에는 도리가 없다고 생각한다. 짓뭉개진 거짓들과 아름다운 것들을 간직한 그 끔찍한 건축물로 말이다. 그곳에서 나는, 거의 기억할 수 없지만 그래도 기억나는 한 얼굴 앞에 마주 서서, 그 쪼그라든 것을 향해 기도를 올릴 것이다. 언젠가 필연으로 내가 죽게 되면, 누군가가 그때의 내 모습 그대로 나를 보존해 주길 바란다고. 바로 그 첫날, 무지하고 순진했으며 가장 아름다웠고 타인에 의해 무력했던 그때 그 모습 그대로. 문득 그날 내가 죽길 바랐다는 사실이 떠오른다. 그게 아니라면 나는 어째서 학교를 빼먹고 홀로 헤매며 죽은 자들 사이에서 친구를, 내게 살고 싶다는 전율을 느끼게 해줄 존재를 찾았겠는가? 오, 나의 슈렁큰 헤드라는 신들이여. 상자 속에 갓 놓인 달걀처럼 붙어 있는 그 머리들은, 나의 강물이 수위가 높을 때면 나를 위로해 주리라. 나의 강물이 빠져나갈 때에도 나를 다독거려 주리라. 나는 당신의 숨소리를 대부분 들을 수 있기에.

불멸의 노인

스태퍼드셔 백작은 그의 가계에서는 그나마 괴짜와 가장 거리가 먼 인물이었다. 그의 선조 중에는 말의 배설물이 질투심을 치료해 줄 거라는 믿음으로 그걸 먹은 뒤 죽은 사람도 있었다. 끝내는 진실로 판명되었음을 부정할 수 없는 믿음이었다. 현재의 백작은 죽을 생각은 없었기에, 대신에 예술의 불멸성을 추구했다. 구체적으로 말하자면 그 작가, 바로 자신의 라이벌 작가인 월터 스콧 경의 예술이 목표였다. 당시 그가 살던 주에서는 글을 읽을 줄 아는 사람이면 누구나 월터 스콧의 '웨이벌리 소설'*을 읽었다. 그

---

* 영국의 문학가 월터 스콧의 소설이 '웨이벌리 소설'로 불리게 된 이유는, 당시 이미 시인으로 유명했던 그가 1814년에 이름을 공개하지 않고 쓴 첫 소설 《웨이벌리》 때문이었다. 그는 이후 발표된 작품들의 표지에 자기 이름 대신 《웨이벌리》의 저자'라는 문구를 넣었고, 1827년 마침내 월터 스콧이 자신의 정체를 인정하기 전까지 그의 작품은 '웨이벌리 소설'이라 불렸다.

소설들을 쓴 익명 저자의 정체는 이미 오래전에 풀렸고, 그 해는 1815년이었으며, 우리가 이야기할 스태퍼드셔 백작은 그가 가장 좋아한 《필멸의 노인》* 의 속편을 쓰는 작업에 착수하여 채 한 글자도 쓰지 않고서 '불멸의 노인'이라는 제목을 붙였다. 하지만 낮이고 밤이고 그는 무거운 커튼 뒤에서, 여섯 개의 양초에서 나오는 빛으로, 깃털펜 끝에 달린 호기심 강한 펜촉을 움직여 글을 썼다. 이 황금 펜촉은 아내의 황금 결혼반지로 특별히 제작한 것으로, 아내는 약 30년 전에 출산을 하다가 그의 후계자와 함께 죽었다. 백작은 자신이 소설가로서의 삶을 유지해 나갈 수 없다는 것을 깨달았고, 소설은 고작 80페이지를 넘긴 채로 끝나버렸다. 그리고 그 소설에 대해 우리가 할 수 있는 말이라고는 '쥐구멍에도 볕 들 날은

* 월터 스콧의 《필멸의 노인Old Mortality》은 18세기 스코틀랜드에 실존했던, '필멸의 노인'이라는 별명을 가진 로버트 패터슨이라는 석공에 관한 소설이다. 패터슨은 당시 스코틀랜드 남동부의 저지低地 지방을 떠돌며 17세기에 장로 제도의 지지를 맹세했던 이들의 묘지에 묘비를 세운 것으로 알려졌다.

있다'라는 오래된 격언을 심도 있게 예증한 부분이 가장 훌륭한 지점이라는 것이었다. 백작은 그럼에도 자기 손으로 불멸을 얻어냈다는 데 흡족해했고, 자기 의심이 있었다 해도 그런 마음은 그의 방처럼 두꺼운 커튼으로 가려졌다. 사실 그가 만약 애초에 기대했던 만큼은 아닐지언정 스스로 달성하고자 한 바를 충족하지 못했더라면, 우리는 아무리 간단하고 짧게라도 그의 이야기를 글로 남기진 않았을 것이다. 우리의 백작은 자신의 책이 영국에서 출판되는 걸 볼 수만 있다면 그 어떤 대가도 치를 수 있었지만, 문득 너무도 기발해서 훗날 전설이 될 계획을 생각해 내고는 《불멸의 노인》의 자리를 글자의 그릇장 속에 마련해 주기로 했다. 그는 자신의 원고를 스태퍼드셔 도기 제조지로 가져갔다. 그곳은 세상 그 어디에도 비견할 데가 없다 할 정도는 아니었지만 당시 영국의 도공들 사이에선 명성이 자자했으며, 거기서 생산된 자기는 오늘날에도 전 세계의 박물관 그리고 점토의 역사적 중요성에 강한 열정을 가진 이들의 개인 수집품 목록에 자리하고 있다. 유명 도

예가인 존 해크우드의 도움을 얻기 위해선 막대한 비용을 지불해야 했으나, 우리의 백작에게 그 정도는 찻잔 끝에 내려앉은 여름 파리 한 마리를 손으로 쫓아내는 수고와 다를 바 없었다. 계획은 간단했다. 104개의 식사용 접시에 그의 소설 텍스트를 순서대로 새긴다. 제목 페이지, 저자 서문, 그리고 개장미 꽃줄 장식이 정교하게 그려진 '종결finis' 페이지도 포함이었다. 특히 이 종결 페이지는 마지막 순간에 영감이 떠올라, '끝end'이라는 단어가 나오는 페이지의 바로 앞에 배치되도록 했다. 각각의 접시는 광택 없는 유리질 점토인 비스크로 제작했고, 선택한 색상은 두 시간 동안 응고시켜 만들어낸 크림색이었다. 둥근 접시는 직경이 28센티미터였고 테두리에 살짝 주름 장식을 잡았지만 되도록 많은 글자를 담기 위해 가장자리를 따로 남겨놓진 않기로 했다. 접시의 아랫면에는 도기 제조소의 인장과 도예의 장인인 존 해크우드의 인장을 찍었고 지정된 접시 번호와 쪽 번호가 새겨졌다. 글 자체는 전체를 손으로, 이 경우에는 존 해크우드의 손으로 빚어 넣었는데, 모형을

떠서 비스크에 올린 후 벽옥 유약을 바르면 아래의
비스크와 대조되어 또렷하게 글자를 읽을 수 있었
다. 처음에 제조한 그릇 60장은 도제가 구웠기에 다
깨버려야 했다는 것도 사실이지만, 백작은 이런 비
용도 파리가 되돌아온 것뿐인 양 가볍게 손을 흔들
어 쫓아버렸다. 《불멸의 노인》을 인쇄하는 데는 열
달에서 이틀 빠진 기간이 걸렸고, 백작에게 다음 단
계는 자신의 접시 책을 1816년 6월 21일에 그의 식
탁으로 초대된 스물여섯 명의 저명한 손님들에게 선
물하는 것이었다. 연회는 일곱 개의 코스로 이루어
졌으며, 그중 네 개의 주요 코스에 낭독회가 마련되
었다. 특히 주방의 시종들은 2주 전부터 실전 연습
을 했다. 손님들에게 동시에 음식을 내어서는 안 되
었고, 각 손님은 그 행사를 위해 모인 참석자들에게
자기 접시를 큰 소리로 읽은 후에야 음식을 대접받
을 수 있었으며, 음식은 닫힌 주방 문 뒤에 식지 않
도록 놓아두었다가 시종들이 제때에 정확히 낭독의
마지막 호흡과 함께 각각의 접시를 채워야만 했다.
손님마다 네 번씩 글을 읽어야 했기에 네 개의 각기

다른 접시가 주어져야 했으며, 그날의 연회, 식사, 소설이 진행되어감에 따라 시간 간격을 두고 놓아졌다. 백작은 비용을 아낌없이 썼고, 시종들에게는 접시를 바꿀 때마다 새 장갑을 쓰도록 했다. 그날 밤 나온 음식이 무엇이었는지는 확실히 알 수 없지만, 수프 그릇이 비워지고 소설이 등장한 후에는 메추라기가 나오고, 송어, 쇠고기, 연어를 채운 패스트리, 러시아 감자, 아스픽*에 담긴 아스파라거스가 있지 않았을까 상상해 볼 수는 있다. 이 모든 것들이, 혹은 그 이상이 모두 나온 뒤에야 백작은 자신의 '종결' 페이지 접시를 집어 들었고, 치즈와 배, 푸딩이 운반되어 왔다. 와인은 처음부터 끝까지 넘쳐흘렀고, 도자기화된 문학이 매끄럽게 흘러가지 않았다 한들 아무도 눈치채진 못했다. 물론 아무도 입 밖에 내지 않았다고 기록하는 편이 더 정확할지도 모르겠지만. 우리가 보유한 그 저녁 연회에 대한 기록은 스태퍼드셔 백작이 그날 밤 잠자리에 들기 전에 쓴

* 육류나 해산물로 육수를 내어 굳힌 젤리.

후기의 형태로만 전해 내려온다. 다만 활기에 가득
찼던 백작은 요리에 대해서는 무시하고 오로지 자
신의 불멸의 작품이 영예롭게 호평을 얻었다는 내
용만 자세히 기록하고 있다. 스물여섯 명의 손님이
큰 감동을 받아 할 말을 잃은 얼굴을 하고 있었다는
묘사와 함께. 그러나 백작은 랑포드 공작부인이 기
분 나쁠 정도로 커다란 보석을 달았다거나, 그래서
30년 전 그가 부인에게 구애했다가 실패했던 일이
자연스럽게 떠올랐다는 이야기도 적어놓기는 했다.
결국 백작은 그가 죽을 때까지 자신의 소설 연회를
1년에 열두 번씩 열었으며, 같은 손님은 두 번 초대
하지 않았고, 그가 감히 꿈만 꾸었던 독자들을 확보
해낼 수 있었다. 그러면 그 책은 어떻게 됐을까? 그
접시들은, 기다란 탁자 위에 놓인 커다란 촛대 아래
에서 불빛에 번쩍이던 그 아름다운 접시들은 어떻게
되었을까? 한쪽에 열두 개씩, 그리고 상석과 그 반대
편에 한 개씩, 그렇게 연이어 식탁에 올라온 총 104개
의 그 접시들은? 하나의 접시가 하나의 페이지였던,
쥐구멍에도 별 들 날은 있다는 이야기를 깊이 있게

예증한 각각의 페이지들은? 슬프게도, 그 아름다운 접시들은 백작의 종손에 의해 파괴되고 말았다. 이 후손은 1870년, 미술 공예 운동의 기세가 한창이던 시기에 친구들을 초대해 연회를 열었고 그 모임은 이내 방탕해지고 말았다. 그리하여 자정이 조금 지난 시각, 우리의 백작이 1킬로미터 남짓 떨어진 가족 성당의 무덤 안에 잠들어 있을 때, 본인들이 미래의 예언자라는 공상에 빠진 이 젊은 무리들은 술과 최면제의 취기에 사로잡혀 접시를 대충 읽은 후 하나씩 벽난로에 던져 깨어버리다가 결국에는 낭독조차 멈춘 뒤 접시 깨기만을 계속 이어갔다. 그리고 이 순간에 그들은 기억을 더듬어 최근에 발표된 단테 가브리엘 로제티의 시구를 암송하기 시작했다. 그 시구는 시인이 첫 아내와 함께 묻었다가 바로 지난 10월에 그 아내의 관에서 다시 꺼낸 것으로, 이제 그 부인은 한 편의 시詩도 없이 죽음의 운명 속에 남게 된 터였다. 오, 그 차갑고 잔인한 불멸의 조각들이여! 정원의 벽 근처를 파헤쳐 보아도 이제 남아 있는 것은 하나도 없다. 그래도 단 한 개의 접시만은 온전히 남았다. 그 비스크로 된 두개골에, 한 남자의 정신이 아로새겨진 접시를 그렇게 부를 수 있다면, 그 두개골 위로 한 줄 머리카락과 같은 금이 가기는 했지만 말이다. 이 남은 접시는 테두리에 개장미 꽃줄 무늬, 그러니까 시적이라고 알려진 야생 장미 무늬가 그려진 접시이다. 그리고 친애하는 독자들은 이미 짐작했겠지만, 그 접시에는 '종결'이라는 단어가 담겨 있다.

＊

초록빛 슬픔은 졸업식을 위해 옷을 차려입은 슬픔이다. 그것은 6월의 슬픔이자, 상자에서 바로 꺼낸 반짝이는 토스트기, 파티 전에 차려진 탁자, 새로 사온 딸기 냄새와 먹어 치우기 직전 육즙이 뚝뚝 떨어지는 고기구이 내음의 슬픔이다. 또한 그것은 눈에 띄지 않는 자의 슬픔이며, 그렇기에 절대로 느껴지지 않고 표현되는 일도 거의 없다. 다만 폴카 춤을 추는 무용수들에 의해 간혹 표현되거나, 할머니를 흉내 내고자 하는 꼬마 소녀들이 자기들이 죽으면 토끼 인형을 물려줄 사람을 정할 때나 가끔 드러날 뿐이다. 초록빛 슬픔은 쓰지 않은 손수건이나 마찬가지의 무게이며, 신랑 신부가 기쁨에 차 걸어가는 고르게 깎인 잔디, 그 푸른 융단 아래 묻힌 뼈들의 장례식 같은 침묵이다.

✳

분홍빛 슬픔은 하얀 안초비*의 슬픔이다. 그것은 박
탈의 슬픔이고, 무언가 빠진 채로 견디는 일의 슬픔
이며, 침鍼만큼이나 가늘어진 목구멍으로 무언가를
삼켜야 할 때의 슬픔이다. 몸에 비해 머리가 너무 크
게 태어난 버섯의 슬픔이고, 신발에서 밑창이 떨어
져 나가는 슬픔이다. 그것이 단 한 켤레뿐인 신발이
든, 아니면 당신이 가장 좋아하는 신발이든, 뭐든 간
에 달라지는 건 없지만 말이다. 분홍빛 슬픔은 퀴즈
쇼의 진행자가 판정 내릴 수 없다. 그것은 아무것도
잘못하지 않았을 때 느껴지는 수치심의 슬픔이다.
분홍빛 슬픔은 당신의 잘못이 아니며, 아주 작은 가
책 하나가 원인이 되어 일어날 수도 있다. 그것은 슬
픔의 가계도에서 맨 위에 울창한 덤불로 자리 잡은

* 멸치류의 작은 물고기.

슬픔이며, 저 멀리 있는 그의 뿌리는 축구공만 한 눈을 가진 대왕 오징어를 닮았다.

숲속에서

숲속을 헤맬 때 나는 언어에 이끌린다. 어둡고 젖은 수풀 안에서 의미가 예스럽게 숨겨진 채로 마구 자라나는 것을 본다. 나무뿌리들과 오래된 벽들 곁에서, 죽은 잎사귀들 사이로, 기이하게 쓸쓸한 기운을 풍기며, 어떤 야생의 특성을 암시하며, 비엔나의 옛 풍경을 묵묵히 떠올리게 하며 자라나는 모습을. 디테일은 다소 부족하지만 말이다. 숲속을 헤맬 때, 나는 길을 잃을까 두렵다. 그리고 무언가가 나를 기다리고 있다는 느낌을 강하게 받는다. 쓰러진 통나무 아래에서, 나무 뒤에서, 나무 둥치의 높은 쪽에 난 구멍 안에서. 하지만 나는 웬만해선 올려다보지 않는다. 아니, 나는 걸을 땐 아래를 내려다본다. 내가 걸려 넘어진 나무뿌리의 규칙성에 이끌리면서. 나를 기다리는 그것이 산스크리트어라고는 생각하지 않는다. 단 1분도 그렇게 생각해 본 적이 없다. '몇 시일까', '집에 가야 하지 않나'라고 나는 생각한다. 사람은 의미 속에서 늘 헤맬 수만은 없다. 이미 어둡고 점점 더 어두워질 것이지만, 눈이 내리기 시작하면 나는 위를 올려다본다. 나는 눈 속에서 길을 잃고, 눈은 나뭇가지 사이로 떨어지거나 모든 가지 위에 쌓인다. 내가 길을 잃을 때 내 발자국은 숲 바닥의 눈 속에 흔적을 남기기 시작하고, 널브러진 통나무들은 곧 눈으로 뒤덮인다. 그러다 내 흔적까지도 덮여버리면, 나는 완전히 갈 길을 잃고, 눈은 모든 소리를 지운다. 그럼 고요는 숲만큼이나 무시무시하다.

한 겹 덮인, 저녁 식사의 꿈

앨리스는 시를 사랑했다. 존은 시를 사랑했다. 메리와 마이클과 수전은 시를 사랑했다. 그들은 어느 식당에 가서 한 탁자에 함께 앉아 그들이 사랑하는 것에 대해 이야기를 나누었다. 그때, 시를 사랑하지 않는 데이비드가 들어왔다. 그는 작은 원형 탁자에 홀로 앉아 다른 사람들이 얘기하는 소리를 들었지만, 그들이 하는 말의 내용은 듣지 않았다. 그는 주문을 한 후, 앉은 채로 산꼭대기의 꿈을 꾸었다. 산꼭대기에 서서 아래의 골짜기를 내려다보는 꿈을, 저 멀리 구불구불 흘러가는 강을 바라보는 꿈을, 머리칼을 스치는 바람에 대한 꿈을. 그럼에도 불구하고, 식당에 앉아 산꼭대기의 꿈을 꾸는 데이비드는 솔잎을 더듬어 찾으려는 것이나 다름없었다. 그래서 데이비드는 그의 아내에 대해 생각했다. 시도 사랑하지 않았고 산꼭대기도 사랑하지 않았지만 붉은 실은 사랑했던, 아무런 까닭도 목적도 없이 실을 수집했던 아내에 대하여. 데이비드는 언젠가 아내를 놀라게 하려고 그녀의 책상에서 실 몇 오라기를 훔쳐 자신이 만들던 스튜 속에 넣었던 때를 떠올렸다. 하지만 그가 스튜를 국자로 떠 아내의 그릇에 담아주고는 그녀가 먹는 모습을 바라보았을 때, 아내는 전혀 알아차리지 못한 듯했다. 그리고 몇 시간이 지난 뒤에도 아내는 설명할 수 없이 행복해 보였기에, 그는 눈을 감고서 그 일에 대해 생각에 잠겼다.

스카프처럼

그에게 그 사건은 바람을 타고 광장 위로 떠오른 무게 없는 풍선의 비행이었다. 그녀에게 그 사건은 바람을 타고 광장 위로 떠오른 노란색 실크 스카프의 비행이었다. 스카프는 비스듬한 타일이 깔린 지붕 위, 고속도로, 해변, 바위투성이의 해안선, 내륙의 숲 위를 떠갔다. 스카프는 한 변이 84센티미터 길이의 정사각형으로, 테두리는 손으로 공글렸다. 그걸 공글린 것은 일본에 사는 우미의 작은 손가락이었다. 우미는 도미오카의 실크 생산 지역에서 일하는 스무살짜리 직원이었다. 우미는 홀아비인 아버지와 살았고, 공장 일이 끝나면 집으로 돌아와 아버지를 챙겼다. 우미는 쌀밥, 장어, 무로 상을 차려 아버지와 함께 말없이 식사를 한 뒤 집 안의 사당 앞에 향을 피웠다. 사당에는 마흔두 살이었던 어머니의 흑백 사진이 있었다. 자궁암으로 죽기 전 해에 찍은 것이었다. 어머니의 마지막 말은 의식이 거의 없는 상태에서 흘러나온 것이었기에, 누구에게 하는 얘기인지 불분명했다. "내가 하게 해줘." 우미가 손가락으로 공글린 스카프는 밀라노로 운송되어 그곳의 한 백화점에서 팔렸다. 이 백화점에서 한 남자가 자신의 연인에게 주려고 그 스카프를 샀고, 여자는 차마 자기는 절대로 노란색은 걸치지 않는다고 말할 수가 없어서(그는 눈치를 못 챘단 말인가?) 다음 날 스카프를 여동생에게 주었으며(여동생은 기뻐했다), 연인에게는 동생을 만나러 광장을 가로질러 가다가 갑작스러운 돌풍이 불어 머리에 썼던 스카프가 날아갔다고 했다. 그걸 잃어버려서 안타깝기는 했지만, 세상에서 가장 아름다운 광경이었다고(그도 그 자리에 있었어야 했다고) 말했다. 많은 이들이 고개를 위로 쳐들고 스카프의 행로를 따라갔다고, 그동안 스카프는 구름 한 점 없는 라벤더색 하늘 위로 나풀나풀 날아갔다고(그도 그 자리에 있었으면 좋았을 거라고), 그건 정말로 전혀 예상하지 못했던 광경이었다고, 행인 한 명은 큰 소리로 이렇게 말하기까지 했다고 말이다. "저것 봐, 풍선이야!" 후에 치과에 간 그 행인은 다시 한번 그 우아한 순간을 묘사했고, 치과 의사는 그 남자의 잇몸에 노보카인을 주사하며 그 얘기를 무척 주의 깊게 들었다. 어찌나 주의 깊게 귀를 기울였던지, 의사는 그걸 기억하고 있다가 그날 저녁 아내에게 그 풍선의 비행에 대해 얘기했고, 아내는 그것이 무슨 사건이었는지 즉시 알아들었다. 그녀도 그 자리에 있었기 때문이었다. 그녀는 남편에게 신발 한 켤레를 사러 광장을 지나쳐 가던 길이었다고 이야기해주었다. 그 장면을 보았을 때 너무나 아름다워 전화기로 동영상을 찍고 싶었지만, 가방 바닥에서 전화기를 찾았을 땐 스카프는 벌써 사라지고 없었다고. 그래도 노란 실크 스카프가 광장을 향해 가는 광경이 마음을 너무 사로잡아서, 더 이상 신발을 사고 싶은 기분이 들지 않았다고. 그래서 대신에 그녀는 야외의 카페에 앉아 식전주 한 잔을 주문했다고. 색이 너무 선명해서 마치 방사능을 발산하는 듯 보이는 술을. 페르노, 그것은 페르노였다. 둘 중 한 사람이라도 페르노를 마신 지 얼마나 오래

되었던가? 얼마나 오랜 세월이 흘렀을까? 둘 중 하
나라도 그날을 기억할 수 있을까?

※

주황빛 슬픔은 불안과 걱정의 슬픔이다. 그것은 눈 덮인 산꼭대기 위를 떠도는 주황빛 풍선의 슬픔, 야생 염소의 슬픔, 숫자 세기의 슬픔이다. 또 다른 생각의 수화물이 집 안으로 들어올까 봐, 수플레 케이크 혹은 경비행기가 슬퍼하지 않기로 따로 빼놓은 바로 그날에 떨어질까 봐 걱정할 때와 같은 슬픔. 그것은 저 멀리 어른어른 주황빛 안개로 보이는 한 여우이며, 그 슬픔은 유령과 방전된 배터리의, 사슴뿔처럼 생긴 낯선 언어로 말한다. 그것은 밤새 오븐에 넣어두었다가 아침에 잊어버린 모든 음식들의 슬픔이다. 그리고 그런 주황빛 슬픔은, 원래의 이유와 마찬가지로, 우리가 모두 함께 있는 자리에선 모습을 감추어버린다.

※

노란빛 슬픔은 깜짝 슬픔이다. 그것은 낮잠과 알, 백
조 깃털, 향수 가루, 물티슈의 슬픔이다. 그것은 슬
픔의 시트러스이며, 태양처럼 둥글고 온전하며 죽어
가는 모든 것들은 이 슬픔을 소유하고 있다. 그것은
1위의 슬픔이다. 그것은 폭발과 팽창의 슬픔이고, 한
밤 덜루스 시의 도시 전경 위로 솟아올랐다가 수피
리어 호수의 물 위로 떨어져 비치는 용광로의 슬픔
이다. 그것은 회전문과 회전식 개찰구의 우월한 기
쁨이자 우월한 슬픔이다. 그것은 끝없음과 덧없음의
슬픔이다. 그것은 모든 카드에 똑같이 들어가 있는
어릿광대의 슬픔이며, 제비꽃이 확실한데도 꽃을 가
리키며 그것이 무엇인지 말하는 시인의 슬픔이다.
한편 노란빛 슬픔은 안드레아 만테냐가 15세기에 이
탈리아 만토바의 산 조르지오 성에서 그린 천장 벽
화이다. 그 안에 들어서면 우리는 자신이 무시당하

고 있음을 깨닫기 위해 올려다봐야만 한다. 비웃음
과 시시덕거림 속에 얕보이는 채로. 그것은 이런 슬픔
이다.

야생 숲의 피

가을이 어린 여우를 자극했다. 분노와 공포 속에서
그는 지저분한 얼굴을 하고서 따끔거리는 작은 손에
는 달콤한 향기를 풍기는 제비꽃을 무심결에 움켜쥔
채로 애통하게 울며 집으로 돌아갔다. 그다지 아늑
하지 못한 굴 안에서 그는 제비꽃을 탁자 위의 겨자
단지 속에 넣어두고는, 아주 오래전에 죽인 어린 토
끼 반 마리를 초라한 저녁 식사로 먹었다. 죽은 지
오래됐으니 이제는 늙은 토끼라고 불러도 무방할 것
이었다. 그는 울음을 멈출 수가 없었다. 가을의 이
페이지들을 책장을 넘기듯 넘겨버릴 수만 있다면 얼
마나 좋을까 하고 생각했다. 책의 맨 아래에 이를 때
마다 페이지를 응시하며 넘어가! 넘어가, 넘어가란
말이야, 넘어가, 라고 하는 것처럼. 그는 저녁의 무감
각 속에서, 절망 속에서 울었다. 그렇지만 아무런 일
도 일어나지 않았다. 이파리는 계속 떨어졌고, 떨어

져서 이리저리 구르는 동안에도 색이 계속 변했으며, 모든 나뭇잎에는 스테이플러 구멍처럼 가는 틈으로 빛이 스며들었다. 바람은 가을 노래를 되풀이해 불렀다. 여우는 그 노래가 너무 무서워서 베개를 문 아래에 괴어 노랫소리를 막고는, 베개 없이 잠자리에 들었다. 자리에 눕자 한결 차분해진 그는 한밤의 독서를 시작했다. 추리소설 속 주인공은 경찰에서 일하는 범죄 과학 분석관으로, 위조문서를 조사하고 필적 및 사용된 펜, 잉크의 사용 기한과 출처 등을 분석했다. 독학으로 전문가가 된 주인공은 잉크 하나만으로 편지가 실제로 서명된 날짜가 9월 16일이 아니라 23일이었다는 것을 추론할 수 있었다. 그는 현미경과 화학 약품, 스펙트럼 분석기를 사용했다. 오늘 밤에 읽은 장에서 그 주인공은 서류 자체를 조사하고 있었다. 얼룩, 접힌 자국, 제조 날짜, 섬유 조성, 색상, 조직, 윤기, 마감, 길이, 너비, 두께, 무게, 흠집, 결점까지. 그러다 여우는 한 문장에서 멈추었고, 두 눈은 집중하느라 가늘어졌다. '스테이플러 구멍과 같은 미세한 틈조차 진실을 밝히는 햇불이 될 수 있다.' 그는 다시 읽어보았다. 눈물관에서 눈물이 흘러나와 뺨을 타고 흘러내렸다. 그는 문 아래에서 베개를 빼내어 잠자리로 가져와 머리 밑에 두고는, 가을 노래를 들으며 잠에 빠져들었다. 가을과, 그리고 그의 혈관에 흐르는 야생 숲의 피와 화해하면서.

잉크로 그린 장식 문자

샤를 보들레르가 죽고 나서 100년도 더 지난 시점에 그가 쓴 한 원고가 발견되었다. 자세한 감정을 거친 결과, 그 원고에는 오늘날의 시인들이 문단 사이에 별표를 쳐 넣듯이 시 사이에 잉크로 그려 넣은 장식 문자가 들어 있었다. 게다가 그 장식 문자는 다름 아닌 우아하게 구부러진 목과 조심스레 위로 올라간 깃털을 가진 잠수부, 즉 물 위에 떠 있는 백조를 그린 것이었다. 또한 이러한 발견에 연이어 그보다 나중에 쓰인 한 원고를 더 자세히 감정해 보니, 이번에는 시 사이의 장식 문자뿐 아니라 휴대폰, 엔터프라이즈 우주선, 그리고 하얀 빵 사이에 소시지를 따라 노란 머스터드를 송충이처럼 뿌려놓은 아메리칸 핫도그가 선명하게 보였다. "하지만 그 당시에는 이러한 것들이 하나도 발명되지 않았잖아!"라는 것이 비평가의 외침이었다. 아, 샤를 보들레르여. 예지력으로 충만한 예지자여. 당신은 언젠가 이렇게 말했었죠. '파리는 변하고 있어, 그러나 내 우울 속에서는 아무것도 움직이지 않았네.'* 그대는 자신의 잉크 장식 문자를 통해서 고대의 심연으로부터 현재의 소란 속 한가운데로 곧장 기어 온 것이었군요. 이제는 뭐라 말할 건가요, 샤를리?

---

* 샤를 피에르 보들레르의 시 〈백조〉의 한 구절.

개인적 기록

어렸을 적 한 점쟁이가 내게 말하기를, 죽고 싶어 하는 늙은 여자가 어쩌다 내 몸에 깃들었다고 했다. 천천히, 오랜 시간에 걸쳐, 라벤더로 목욕을 하거나 뒷마당에 열쇠를 묻는 의식을 거행하는 등 비밀리에 전해져 온 방법을 세심하게 따른 끝에, 나는 그 여자의 존재를 몰아냈다. 이제 나는 죽고 싶어 하는 늙은 여자이고, 내 안에는 살고 싶어 죽을 지경인 젊은 여자가 깃들어 있다. 나는 이제 이 여자를 설득하려 한다.

추방자

200년 혹은 2100년 전에 살았던 시인, 이를테면 카툴루스*나 콜리지** 같은 시인이 갑자기 살아나 지난해에 쓰인 어떤 시를 읽는다고 하자. 그 시에서 시인이 "I was stoned"***라고 말했다면, 그들 중 누가 됐든 그 시인은 사회에서 추방된 사람이로구나, 그의 몸은 마을 사람들이 던진 모든 돌에 맞아 생긴 작은 구멍으로 가득하겠구나, 짐작하리라. 그리고 그 시인이 여전히 살아 있다는 사실에 놀라움을 금치 못하리라. 카툴루스나 콜리지가 불쑥 되살아난 걸 본 그 시인이 크게 놀랄 것과 마찬가지로. 만일 고대인이 그 시인의 집에 가서 차가운 맥주를 대접받는다면, 그러다 냉장고 안쪽의 불이 켜지는 걸 본다면, 그는 전자

* 고대 로마의 시인.
** 19세기 영국의 시인.
*** 현대의 속어에서 'stoned'는 술이나 약에 취한 상태를 말한다.

기기를 이해하지 못한 충격으로 다시 한번 쓰러져 죽으리라. 결국, 그런 식인 것이다. 별들이 나에게 닿으면, 내게 그 빛이 보인다. 언젠가 누군가가 내게 그 별들은 죽은 거라고 설명해 주었지만, 고개를 들어 올려다볼 때 나는 불현듯 생각난 척 행동하지 않고 모든 것을 이해하는 듯 평범하게 행동한다. 또한 나는 200마일 혹은 2100마일 바깥이 얼마나 추울지 한 번도 생각해 본 적이 없으며, 카툴루스나 콜리지 역시 단 한 순간도 그런 생각을 해봤으리라 생각하지 않는다. 이 말인즉, 나는 옛날 사람과 우리 사이에 차이가 있다고 생각하지 않는다는 얘기다. 비록 내가 그들과 우리 사이에 차이가 있다고 당신이 믿게끔 유도하기는 했지만 말이다.

걱정 없는 세계를 향해

세계에서 가장 대단한 작가들에게는 대부분 하인이 있었다. 그들이 실제로 설거지를 해본 적이나 있는지는 의심스럽다. 그건 참 안된 일이다. 그들은 설거지를, 특히 저녁 식사 후의 설거지를 재미있어했으리라 생각되기 때문이다. 반복되는 동작은 다른 것들로부터 정신을 돌릴 수 있도록 해준다. 여기서 말하는 '다른 것들'이란 이 세계의 걱정거리를 뜻한다. 반복적으로 설거지를 하다 보면 손이 거칠어지기는 하지만, 작가들 또한 손으로 작업하기에 그 결과로 종종 가운뎃손가락 손톱 아래에 못이 박이기도 한다. 펜이 닿는 살 부위에 오랜 접촉과 지속적인 압력이 가해진 탓이다. 귀스타브 플로베르가 자기 집 앞의 눈을 치워본 적이 있었는지는 의심스럽다. 플로베르의 다양한 집필 스타일을 고려했을 때, 그가 어떤 방식으로 눈을 치웠을지 상상해 보는 일은 흥미롭다. 하지만 오랜 시간을 들여 작업에 임하는 그의 습관을 생각하면, 마당 전체가 눈 하나 없이 싹 치워져 있더라도 놀랄 일은 아니다. 삽질은 다른 일에서 정신을 돌릴 수 있도록 해준다. 아주 심란하지 않다면 말이다. 너무 심란한 경우에는 아무리 눈을 치우고 설거지를 한들 걱정거리를 떨쳐낼 수가 없다. 설거짓거리가 쌓인 집과 그런 집 위로 눈이 내리는 땅을 소유하지 못한 하인들은 무척 심란했을 것이다. 돈, 질병, 죽음, 그리고 친척 가족을 포함한 타인과의 관계 등은 우리 인간이 가지는 비애의 주된 요인이다. 작가는 이런 것들 사이에서 자신의 주제를 고른다. 소설, 단편, 희곡, 또는 시에 긴 시간을 쓰다 보면 다른 것들을 신경 쓰지 않게 될 수도 있다. 마음에서 골칫거리를 떨치기 위해 골칫거리를 이용하다니, 이상하게 들리지만 가능한 일이다. 어쩌면 작가들은 나름의 방식으로 하인이다. 누가 그런 하인을 고용하는지는 모르지만, 세계는 고용될 준비를 갖춘 그런 사람들로 가득하다. 각 가정이 작가 하인을 고용하여 자리에 앉힌 뒤 우리가 견뎌야 하는 인간적인 골칫거리에 집중하도록 한다면, 모든 가정은 걱정거리로부터 벗어날 수 있을지도 모른다. 그렇다고 해서 온종일 집에 앉아 있을 작가를 고용하는 건 실용적이라고 할 수 없다. 방이 하나 더 필요할 것이고, 작가를 방해하지 않기 위해 아이들과 동물들을 조용히 시킬 하인이 한 명 더 필요할 것이며, 작가에게도 모든 생물들처럼 음식을 먹여야 할 테니까. 그리하여 세계는 상대적으로 집에 더 데려가기 쉽고, 공간도 더 적게 차지하며, 먹여 살릴 필요도 없는 책을 이용하는 천재적인 계획을 생각해 낸 것이다. 각각의 책 속에는 손가락에 못이 박인 하인, 즉 작가가 들어앉아 우리가 세상의 걱정거리를 떨쳐낼 수 있도록 우리 대신 그런 것들에 집중한다. 몇 시간 동안 자리에 앉아 책한 권을 읽어본 적이 있다면 누구나 알 것이다. 세계는 멀리, 저 멀리에 있는 것만 같고, 우리는 시간을 잊고 있다가, 고개를 들어 그 순간 멀리, 저 멀리에 있는 듯 보이는 자신의 두 발 혹은 방 맞은편에 있는 화분 속 식물을 보고는 놀라워한다는 것을. 이건 어디에서 왔을까? 저건 여기에 얼마나 오래 있었던 거지? 만일 한 가정이 설거지를 대신 해주고, 눈을 치워주고, 화분에 물을 줄 하인을 고용한다면, 독자는 두 배로, 심지어 세 배까지도 걱정 없이 편안해지리라. 하지만 얼마나 이상한가? 정말로 이 얼마나 이상한가? 그렇게 많은 책을 가진, 혹은 어떤 조합으로든 그토록 많은 물건을 가진 수없이 많은 가정들이 근심 걱정으로부터 벗어나지 못한다는 것은. 실상 수많은 걱정거리가 그곳에 자리를 잡는다. 어떤 유의 하인이든 우리가 완전히 근심 걱정 없이 지낼 수 있을 만큼 자신들의 과업을 완수해 내지는 못한다는 사실을 생각하면, 참으로 골치가 아파온다. 하인들이 더 열심히 일할 필요가 있거나, 우리에게 더 많은 하인이 필요할 뿐이다. 어찌해야 할지 알아내긴 어렵지만, 무언가 해야 한다는 건 분명하다.

자기비판

내가 쓴 전형적인 시 한 편에서는, 한 여자가 아무것
도 하지 않고 홀로 앉아 있다. 그 여자는 탁자 위를
기어가는 파리 한 마리의 존재를 알아채고는 불쑥
그와 대화를 시작한다. 그러다 무척이나 극적인 일
이 벌어지고, 시는 끝난다. 이런 일은 매일매일, 한
권의 시집에 실린 시의 개수만큼 일어나고, 여자는
결국 지쳐버린다.

※

하얀빛 슬픔은 치아, 뼈, 손톱, 그리고 별의 슬픔이다. 정녕 그렇다. 하지만 그것은 또한 시리얼, 샤워캡, 문학적 거품의 슬픔이다. 그것은 제니 이모가 병상에 누워 있을 당시, 머리부터 발끝까지 이모의 몸을 시트처럼 덮고 있던, 작별 인사를 하러 한 명씩 찾아왔던 아이들이 눈앞의 광경에 겁을 먹었던 하얀털의 슬픔이다. 그것은 우주를 영원토록 여행하는 전파의 슬픔이며, 인터뷰를 하는 존 레논의 목소리이다. 영원히 연속되는 은하를 전파가 통과해 가는 동안 점점 더 약해지는 존 레논의 목소리. 아직 멀리까지는 미치지 못했지만, 그래도…….

※

갈색빛 슬픔은 단순한 슬픔이다. 그것은 꼿꼿이 선 거대한 돌들의 슬픔이다. 그게 전부이다. 단순하다. 꼿꼿이 선 거대한 돌들은 다른 슬픔들을 에워싸고 그들을 보호한다. 꼿꼿이 선 거대한 돌들의 원이라니, 누가 그런 걸 생각이라도 했겠는가?

그들 생각은 틀렸다

그들은 그림 한 점이 단어 천 개의 가치가 있다고 하지만, 나는 그런 말들을 전혀 믿지 않았다. 그들은 모든 글쓰기가 세계와의 논쟁이라고 말하지만, 나는 그들을 만난 적조차 없다. 게다가 나는 더 이상 이 세계든 다른 어떤 세계든 그 안에 살지 않는다. 나는 어디에 살고 있지? 너는 묻는다. 나는 안개 속에, 옅은 아지랑이 속에, 자고 싶게 만드는 한낮의 졸린 향내 속에 산다. 훗날 너도 떠올리게 되겠지만, 잠을 자는 것은 이 세계를 떠나는 일이다. 그러니 다시 따라잡고 싶다면 잠에서 깨자마자 회전목마에 올라타야 한다. 그걸 생각하면 나는 하품이 나오고, 달걀에 케첩을 잘못 뿌려 피투성이를 만들고 만다. 지금 나는 다시 피곤해졌고, 이건 심각한 문제다. 꽃이 조금 필요하다. 마트를 20분 안에 다녀오는 정도의 짧은 외출이면 잠을 깨는 방법으로는 충분하다. 탁자 위

의 꽃병에 흐드러지게 늘어진 커다랗고 신선한 꽃다
발만 있으면 나는 괜찮을 것이다. 때로는 무언가를
바라보는 것만으로도 아드레날린이 강렬하게 솟는
다. 하지만 그보다 더 나아가서는 안 된다. 꽃 냄새
를 맡기 위해 허리를 굽혀서는 안 된다. 그랬다가는
재앙이 될 수도 있다. 꽃들의 진한 향내가 지나친 평
화를 가져올 수도 있다. 몸속을 뚫고 흐르는 지나친
평화는 또 한 번의 하품을 부를 것이다. 지금 나는
내 차에 앉아 꽃들에게로 가는 길이다. 정지 신호에
밀려 있는 차들은 평화로워 보인다. 내 앞과 뒤에 차
를 둔 채로 여기에(물론 나는 운전석에 있지만) 앉
아 있는 것만으로도, 마음 깊은 곳으로부터 즐거워
진다. 제대로 된 기분, 모든 것이 이루어져야 할 모습
그대로 되었다는 기분이 든다. 마치 모든 사건의 맨
처음이자 가장 중요한 시간에 일어난 모든 것들이
이 빨간 불 앞에 선 차들의 행렬을 이끌어온 것만 같
다. 공룡의 멸종, 동굴에 살던 남자와 여자, 의복의
직조, 중세 시대, 옥수수의 경작, 훗날 레슬링 경기장
위에서 죽게 될 젖먹이 남자아이까지, 이 모든 게 지

금 이 순간으로, 늙은 선원의 파이프 담배 연기처럼 평화롭게 차들의 배기관에서 푸른빛 매연이 피어오르는 이 순간으로 이어져 온 것이다. 이제 신호가 바뀌고, 이 역사적인 평화의 순간은 사라지며, 우리는 앞으로 나아간다. 나는 내 꽃을 향해 나아가고, 다른 이는 자신의 깡통 수프를 향해 나아가며, 또 누군가는, 누가 알겠느냐마는, 다른 이들보다 더 이른 죽음을 향해 나아가고 있다. 주차장에서 나는 잠들고 싶지만, 바람을 쐬고자 엄청난 노력으로 문을 연다. 곧 나는 마트에 들어와 있고, 9번 통로에 서 있다. 카트나 다른 걸 밀고 있지는 않다. 나는 아이를 가져본 적이 없다. 나는 자유로운 동정童貞으로, 내 몸에 매달린 두 다리로 통로를 걸어간다. 통로의 끝에는 이파리와 꽃송이가 만발한 정원이 있다. 나는 그 정원에 있고, 그곳엔 풀과 꽃이 있다. 모든 것이 초록이고, 살아 있으며, 자라는 중이다. 빨강, 노랑, 주황, 하양, 자주 등 선택할 수 있는 아주 많은 색채가 있다. 한 남자가 아내에게 줄 꽃을 산다. 투명 셀로판지에 싼 분홍 장미다. 이보다 더 목가적이며 호불호의 여지가 없는 것이 있을까? 그래도 나는 말하고 싶다. "그만둬요." 나는 말한다. 남자가 꽃 위로 허리를 숙일 때. 곧 자리를 떠나 그의 아내의 것이 될 꽃들 위로 몸을 숙이는 바로 그 순간. "제발 장미 향을 맡지 마요." 그러나 너무 늦었다. 그는 저질러버렸다. 이제는 나도 그 향기를 맡을 수가 있다. 공기 중에 성스러운 향유가 짙게 배었다. 그리고, 활력을 받기 직전까지 갔던 나는, 시간의 시작으로부터 여기까지 쭉 오게 된 나는, 이제 잠에 빠지는 것 말고는 아무것도 원하지 않는다. 9번 통로 한쪽 바닥 위에서, 가정용 식물들 사이에 누워, 긴 세월의 잠을 자고 싶을 뿐이다. 나의 현명한 충고를 무시해 버리고 이제는 나만큼이나 세계에 지쳐버린 듯 보이는 남자와 말을 나눈 이후에는.

선물

거실이 물에 잠긴 건 아파트를 나서지 않은 지 닷새째 되던 날이었다. 모든 것이 먼지 하나 없이 깔끔했고, 내 생각을 일기에 적는 것 말고는 달리 할 일이 없었다. 내 마음을 공포와 지루함으로 채우는 생각들뿐이었다. 그 운명적이고도 최종적인 아침, 나는 침대에서 책을 읽고 있었지만 그 전날 한 일 때문에 집중할 수가 없었다. 전날 나는 전화로 호주산 살구 설탕절임 선물 상자를 라지 사이즈로 주문했었다. '사우스 씨 기프트'에서 보내온 카탈로그에는 금박 테두리의 근사한 나무 상자에 담긴 과일이 있었다. 가격은 86달러 20센트였다. 나는 업체 측에 '메리가 메리에게'라고 쓴 선물 카드를 넣어서 내게 보내달라고 했다. 나는 이제 식품을 살 돈이 없었고, 돈을 더 주고 특송 배달을 요청했음에도 살구가 오기까지는 한참 걸릴 것이기에 마음이 불편했다. 살구가 도

착하기를 손꼽아 기다리기는 했으나, 동시에 그것을
받는 순간 그저 나의 어리석음을 깨닫고 끔찍한 죄
책감을 느낄 것만 같았다. 실로 죄책감은 상당했다.
마지막 남은 돈을 스스로에게 살구 설탕절임을 선물
하는 데 써버리다니! 게다가 금박이라는 것 때문에
돈이 더 들었다. 더 저렴한 '가정용 상자'에는 살구가
더 많이 들어 있었지만 금박은 없었다. 황금빛 살구
옆에서 반짝거리는 금박은 참으로 근사해 보였다.
물론 사진으로만 본 거라, 왠지 사진에 '손을 댄' 건
아닐까 우려도 되었다. 실제로 언젠가 푸드 스타일
리스트를 만난 적이 있는데, 그녀의 일이 음식 사진
을 실제 음식보다 더 멋지게 보이도록 하는 것이었
다. 그녀는 사람들의 입맛이 돋게끔 글리세롤과 풀,
헤어스프레이를 써서 음식이 감미롭고, 빛이 나고,
바삭거리고, 신선하며, 군침 돌게 보이도록 만들었
다. 나는 상자를 열고 실망하고 싶지 않았다. 또한
나는 하얀 면으로 된 둥근 모기장을 하나 살까 생각
도 해보았지만, 곧 정신을 차렸다. 살구는 적어도 먹
을 수는 있다. 모기장으로는 뭘 한단 말인가? 나는

그저 그 모양이 맘에 든 것뿐이었다. 그게 무엇이든 모기장을 그 위에 쳐놓으면 안에 있는 물건은 부드럽고 신비해 보인다. 언젠가 무척 지적인 불교도였던 여성에 관한 기사를 읽은 적이 있다. 그 여자는 되도록 집에 물건을 안 두고 하얗게 꾸미길 바랐지만, 수천 권이나 되는 책 때문에 그 공간의 활기를 살리기가 어려웠다. 그래서 여자는 간단하게 책을 세로 기둥으로 쌓아 그 위에 모기장을 씌움으로써 자신이 원하는 효과를 자아냈다. 아무것도 소유하지 않고 아무것도 원하지 않는, 평화가 바람처럼 몰아치는 환경 속에서 사는 효과를. 나의 사치스러운 우편 주문품들, 나는 그것들 때문에 마음이 불편해졌다. 밋밋하고, 얄팍하고, 죄 많은 사람이 된 기분이 들었다. 나는 내가 가진 책들을 사랑했다. 책들이 (카탈로그나 뜯지 않은 청구서와 함께) 낮은 탁자 위에 여기저기 흩어져 있거나 창턱에 줄지어 세워져 있거나 바닥에 쌓여 있는 광경을 보면 항상 마음이 우글거리는 동시에 어지러운 기분이 들며 행복을 느꼈고, 내 인생이 충만하고 흥미로운 것 같은 느낌,

나 스스로가 진지하고도 매력적인 사람이라는 느낌이 들었다. 나는 카탈로그 회사에서 전화를 받는 상담원들이 걱정되기도 했다. 그 사람들은 먹을 게 충분할까? 살구 설탕절임을 한두 개 정도 훔친 적은 없을까? 나는 그들이 해야 할 일이 있고, 전화도 받아야 하고, 전화한 사람을 진정시키고 모든 질문에 답해야 하며, '선물 상자'와 '가정용 상자' 간의 차이를 설명해야 한다는 것을 알고 있었다. 그들이 동굴 같은 방 안에서 임시 부스에 앉아 이어폰을 끼고 있는 모습을 그려볼 수도 있었다. 무슨 이유에선가 나는 그들 모두에게 모기장을 씌웠다. 그들 한 명 한 명이 각각 부드러운 흰색 거즈로 된 고치를 입었다는 뜻이다. 그 때문에 상담원들은 고객과 대화할 때면 목소리가 잦아들었고, 고객은 그들이 한 말을 다시 해달라고 부탁해야 했으며, 그리하여 끝없는 반복의 고리가 고치에서부터 보글보글 솟아오르기 시작했다. 이것이 내가 그려본 모습이었다. 바로 그때, 거실에서 물소리가 났다. 알 수 없는 어느 곳에서 보글보글 솟아오르는 물소리였다. 나는 살펴보려고 침대에서 내려왔고, 복도로 나가자마자 내 발을 향해 밀려오는 갈색 물웅덩이를 보았다. 슬리퍼를 깜박하고 신지 않아 맨발로 서 있었기에 갈색 물은 내 발목까지 차올랐다. 나는 물을 헤치며 거실 쪽으로 나아갔다. 소파는 진흙과 잔해들로 뒤덮였다. 그 잔해란 나뭇가지와 나뭇잎 뭉텅이들, 배수로를 막은 검고 질척한 오물들이었다. 텔레비전 화면에는 수위 표시선이 생겼다. 검은 유리판에 가로로 그려진 구불구불한 하얀 소금의 수평선이. 내 책들 또한 물결선을 이루며 이리저리 떠다니는 물질들로 덮였다. 폐기물이라 불릴 만한 것들이었다. 새끼 돼지 몇 마리가 그곳을 뒤지고 있었다. 구석에 놓인 의자의 솜까지 먹어 치우면서. 그것은 내가 늘 앉아서 책을 읽곤 하던 의자였다. 어째서 그날 아침의 나는 침대에서 책을 읽기로 했을까? 알 수가 없다. 무척 드문 경우였다. 모든 것이 물에 흠뻑 젖어 있었다. 탁자의 다리는 오트밀로 만들어진 양 흐물흐물했고, 대규모의 거미 떼가 내 탁자 위에서 우글거렸다. 현관문 밖 발매트 아래에서 득실거리던 개미 떼를 봤을 때와 비슷했다. 홍수가 잦아든 건 분명해 보였다. 내가 잠든 밤 동안에 이렇게 되어버린 것이리라. 순간 바닥 위에 물에 퉁퉁 분 시체가 있는 것은 아닐까 생각했지만, 그것은 그냥 싱크대 아래에서 빠져나온 썩은 감자 한 포대가 정체된 물에 걸려 푸르스름하게 부풀어 올라 물컹물컹한 덩어리가 되어버린 것뿐이었다. 말하기 부끄럽지만, 내가 가장 먼저 한 생각은 이 난장판을 혼자서는 치울 수 없겠다는 것이었다. 내게는 도움이 필요했다. 한쪽 구석에서 내 의자를 먹어 치우고 있는 저 새끼 돼지들은 어쩌지? 저 녀석들은 대체 어디에서 온 걸까? 집에서는 고약한 냄새가 풍겼다. 하수구보다도 심했다. 그것은 마치 태초의 생명을 탄생시킨 원생액의 배양 접시에서나 날 법한 냄새였다. 누구에게 도움을 청하든 간에 그들은 거실 바깥쪽으로 출입 금지선을 쳐야만 할 것이었다. 집 전체와 우리 집이 속한 블록까지도. 이리하여 또 하나의 가능성을 품었던 백일몽의 하루는 살구를 향한 나의 욕망으로 완전히 파괴되어 두 동강이 나버렸다. 단 한 번의 경솔함으로 내 주거지는 물이 차오르는 강둑에 선 초가집 마을이 되어버렸다. 무역풍이 불어오고, 비가 내리며, 모기가 알을 까는 곳이. 그리고 모기가 알을 까기에, 모기장이 필요해질 곳이.

침입자

처음부터 부스러기가 있었던 것 같다. 살짝 벌린 입에서 떨어진 작은 것, 덩어리에서 떨어져 나온 조각 같은 것들 말이다. 부엌 조리대 위의 그 부스러기는 마치 소성단小星團처럼 보인다. 물론 그것들은 소금 알갱이보다도 크지 않으며, 토스트, 그러니까 탄 빵에서 나온 것들이다. 부스러기 같은 것을 알아채지 못하는 사람들(나도 본 적이 있다)도 있다. 아무리 지적한들, 그런 사람들은 부스러기가 나무만큼이나 자연스러울뿐더러 알지 못한 채 지나가는 많은 것들처럼 눈에 띄지 않는다고 여긴다. 하지만 나무라니! 나무는 거대한 식물이다. 지구상에서 가장 거대한 식물이란 말이다. 인공물이나 돌로 된 건축물이 아니라면, 나무보다 더 거대한 것은 없다. 이런 점에서 나무는 눈에 띄는 존재다. 각각이 지닌 그 어떤 개성을 넘어서, 나무는 대단하다. (나는 언젠가 암에 걸린 선인장의 사진을 본 적이 있다. 가지의 변이를 겪는 와중에도 선인장은 아름다웠다.) 내가 깨달은 건, 대부분의 것들은 있는 그대로의 모습으로 존재하면서 계속 그 상태로 남아 있을 권리가 있다는 사실이다. 예컨대, 내 손도 그것 자체의 정신을 가지고 있다. 어느 쪽이 그 부스러기를 먼저 봤는지는 확실히 말할 수 없지만, 내 눈인지 내 손인지는 모르겠지만, 어쨌거나 내 손가락은 다음으로 일어날 일을 준비하며 오므리기 시작한다. 나는 오므린 손으로 부스러기를 조리대 가장자리로 밀어내고, 부스러기는 거기서 내 다른 손바닥으로 떨어진다. 이 손바닥은 다른 쪽 손을 오므리기 시작하자마자 펼쳤던 것이다. 나는 어느 쪽이 침입자인지 알 수가 없다. 내 손인지, 부스러기인지. 침습성 식물은 마구잡이로 자유롭게 자라고, 암세포는 즐겁게 자기만의 정신을 갖고서 증식하지 않는가. 행성들은 한때 텅 비어 있던 무한의 공간에 존재하고 있으며, 지금 우리는 작은 몫으로나마 그 자리를 채우고 있다. 단순히 존재로만이 아니라, (아무도 알아채지 못한다 할지라도) 조리대에서 부스러기를 치우는 것처럼 세밀하고 반복적인 행동들로 그곳을 채우고 있는 것이다. 이제 조리대는 전처럼 텅 비어 있고, 부스러기는 검은 비닐봉지의 완전한 어둠 속에서 봉해졌으며, 조만간 나는 이것을 밖으로 내갈 예정이다.

숭고한 것

무엇이 나타날지에 대한 경고판도 없었고, 급커브를 알리는 표지판도 없었다. 얼마 가지도 못한 채로 나는 백여 미터마다 급격한 커브길을 맞닥뜨려야만 했다. 양옆으로는 깊은 골짜기였고, 나와 심연의 낭떠러지 사이에는 듬성듬성한 덤불만이 간간이 있을 뿐이었다. 머리카락이 쭈뼛 섰다. 좁아진 도로는 더 좁아졌으며 이리저리 휘어지기까지 해서, 나는 구부정하게 운전대를 잡고서 위로 올라가야 했다. 곁눈질로 엄청난 풍경이 펼쳐져 있음을 알 수 있었지만, 볼 수는 없었다.

이상한 행동

어쩌면 이건 책에서 읽은 이야기이거나 꿈에서 본 이야기일 수도 있다. 나이가 들면서 기억이 여기저길 헤매니 확실친 않지만, 난 늘 오디세우스가 세이렌의 노래를 들었을 때 〈오디세이아〉를 부르는 소리를 들은 거라고 믿어왔다. 그리하여 자신의 이야기에 현혹될까 싶은 두려움에 자기 몸을 묶은 것이라고. 그리고 결말을 듣게 될지 모른다는 더 큰 두려움 때문에, 자신이 지금의 모습이 아닌 다른 사람이 될 수도 있다는 가능성을 견딜 수가 없어서, 엄청난 용기와 필적할 이 없는 전략을 가진 전쟁 영웅은 자기 배의 돛대에 밧줄로 묶여 부들부들 떨고 있었던 거라고. 만약 그러지 않았다면 그는 더 위대한 자가 되었을 수도 있었으리라. 세상에서 그 어떤 두려움도 없는 자가. 무언가가 두렵다는 이유로 인간이 자기 자신을 묶어야 한다는 사실을 거부해 버리는 자가. 그랬다면 그의 현재 모습을 한 남자는 실은 겁쟁이일 뿐이라는 사실이 드러나고 말았겠지만 말이다. 다만 어느 쪽이든, 그는 자신의 이야기를 지나 항해하는 동안 파멸의 기운을 느꼈다. 그가 탄 배는 그 섬을 지나쳤고, 세이렌들의 노래가 마지막에 이르렀을 때에도 그들 곁을 지나 나아갔다. 그리고 노랫소리가 들리지 않는 곳까지 멀어지자, 그는 이상한 행동을 하나 저지르고야 말았다. 그것에 대해서는 아무런 기록이 없기에, 이 이야기는 아련한 노랫소리 속에서 끝나고 만다. 광활하고 짜디짠 바다에서 점안기로 똑 떨어뜨린 달콤한 눈물 한 방울만큼이나 구별할 수 없는 소리 속에서.

감사의 말

이 책에 실린 다수의 글이 처음 발표되었거나 재수록되었던 다음의 잡지 및 저널의 편집자들에게 감사의 뜻을 전한다. 〈더 베스트 아메리칸 포에트리〉, 〈다이어그램〉, 〈에코톤〉, 〈더 페뷸리스트〉, 〈그란타〉, 〈하퍼스〉, 〈더 후트 & 헤어 리뷰〉, 〈케니언 리뷰〉, 〈더 럼버야드〉, 〈메이크: 어 리터러리 매거진〉, 〈매트릭스〉, 〈뮤직 & 리터러처〉, 〈파리스 리뷰〉, 〈스토리스케이프〉, 〈틴 하우스〉, 〈언스톡〉.

덧붙이는 말: 색깔을 다룬 각각의 글에서, '슬픔'이라는 단어 대신 '행복'이라는 단어를 넣어도 달라지는 것은 없다.

세계의 작고 보이지 않는,
늙어가는 것들을 위하여

어느 일요일 아침, 나는 이전에 썼던 트윗을 다시 읽고 있었다. 더 정확히는 다시 발견했다고 해야 할 텐데, 2016년 4월에 썼던 트윗을 이제 와 누가 리트윗해서 나의 눈에 새로이 들어온 것이었다. 그 트윗은 영어 어구 'the salad days'의 어원에 관한 내용이었다. 셰익스피어의 희곡 《안토니우스와 클레오파트라》 1막 5장에 나오는 클레오파트라의 대사이다.

My salad days,
When I was green in judgment: cold in blood,
To say as I said then!

샐러드 데이즈. 어리고 철없던 시절을 가리키는 말

이다. 판단은 풋내기이고, 피는 차갑다. 거기서 푸른 채소의 샐러드를 연상한 비유가 만들어졌다. 내가 이 트윗을 썼던 이유는 그날이 셰익스피어의 생일이었기 때문이었다. 그리고 그날 그저 샐러드가 먹고 싶어서였을 수도 있다. 그리고 몇 년이 지나 다시 차갑고 딱딱한 샐러드 샌드위치를 씹으면서 나는 이 말을 곰곰이 씹어보았다. 현대 영어의 용법에서 샐러드 데이즈는 오히려 청춘의 가장 좋았던 때, 혹은 인생의 황금기를 가리키는 말로도 쓰인다. 어떤 맥락에서는 '화양연화'와 같은 뜻이다. 옥스퍼드 사전에서도 이런 현대적 용법을 찾을 수가 있다. 단어의 의미는 시대에 따라 늘 변화하지만, 나는 400년 전 철없는 청춘을 가리켰던 말이 지금은 인생에서 가장 좋은 때를 가리키는 의미로까지 확장된 데에는 젊음에 가치를 두는 어떤 태도들이 깔려 있다고 생각했다. 나이가 들어가면 더는 좋을 수가 없다고 믿는 것이다.

나는 이런 태도에 아직은 남아 있는 힘을 다해서 의문을 품고는 한다. 분개하고는 한다. 나이가 든다는 것은 이제 더 좋은 날을 기대할 수 없다는 뜻인가? 사회적 관점에서 나의 샐러드 데이즈는 지났고, 내게는 다른 사람들과 같이 노년의 긴 시간이 기다리고 있을 텐데.

출판사로부터 《나의 사유 재산》의 번역을 의뢰받았을 때, 처음부터 선뜻 받아들일 수는 없었다. 작품과 작가가 낯설기 때문이기도 하였지만, 그 계절의 내가 피곤했다는 이유가 더 컸다. 당시에 나는 어떤 작품을 할지도 정하기 어려웠고, 아예 작업을 할 수 있을지조차 알 수 없었다. 장편 소설의 교정 작업 중이어서 그것만으로도 정신적 소모가 너무 컸다. 내가 여러 일을 하기에는 나이가 들었다는 기분이 밀려왔다. 번아웃일 수도 있었다. 그래도 출판사에서 보낸 샘플 원고를 읽어보았다. 그 작품이 바로 〈멈춤 Pause〉이었다.

특이하게도 이 글은 한 장의 이미지로 시작한다. 잘 알아볼 수 없게 손으로 흘려 쓴 노트 낱장이다. 거기에는 'C', 'NC'와 같은 기호가 수수께끼처럼 나열되어 있다. 맨 위에는 'April's Cryalog'라고 적혔다.

얼마 전, 내가 1998년 4월에 썼던 옛날 울음일기를 우연히 발견했다. 'C'라는 글자는 내가 울었다cried는 사실을 뜻하고, 'C'의 개수는 내가 울었던 횟수를 나타내며, 'NC'는 그날 울지 않았다는 것을 가리킨다.

가장 슬픈 일은, 지금 보면 이 울음일기가 무척 우스꽝스럽게 보이고 웃음이 난다는 것이다.

하지만 그걸 쓸 당시에는 죽고 싶었다. 말 그대로 자살하고 싶었다. 다리미로, 김이 펄펄 나도록 뜨겁게 달궈 놓은 다리미로.

우울증이 아니었다. 폐경menopause이었다.

사전에 없는 'cryalog' 대신에 '울음일기'라는 단어를 머릿속에서 만들어낼 수 있었다. 'cryalog'에 있는 'r', 'l'과 같은 흐름소리流音, liquid를 '울음일기'라는 단어에서도 살릴 수 있는 것이 마음에 들었다. 눈물도 얼굴을 따라 흐르는 액체이기에, 이런 의미와 음소의 아이콘적인 일치가 좋았다.

이 에세이는 폐경에 관한 이야기였다. 여성이 늙어가서 투명 인간처럼 보이지 않게 되는 삶을 말하는 글이었다. 그러나 보이지 않게 된다는 건 우리에게 선물과도 같은 일일 수도 있다는 메시지도 있었다. 이 에세이를 읽었을 때 나는 이 작품을 내가 번역할 수 있겠다 싶었다. 써보고 싶은 문장들이었다.

여성이라는 존재를, 여성의 가시성을 임신 가능성으로 판단하는 세계에서 폐경이 무언가의 종결처럼 그려지던 때가 있었다. 여성인 우리는 월경에 대해서도 서로에게 잘 묻지 않지만, 폐경에 대해서도 말하지 않는다. 언젠가 친구에게서 유기농 생리대 세일 링크를 받았다. 가격 높은 물품을 50% 할인된 가격에 살 수 있었기에 유용할 만한 정보였다. 나는 이 정보를 여러 친구, 선배 언니, 후배들과 나누려다가 잠깐 멈칫했다. 40대, 50대에 가까워지는 나의 여자 친구들, 우리가 생리대를 대량으로 사서 쟁여놓아도 과연 그걸 다 쓸 수 있을까? 서로 굳이 밝히지 않아도 동년배인 우리 중에는 벌써 이른 폐경에 다다른 사람도 있다. 이전에는 자연스러웠던 생활 정보가 지금은 우리의 시간이 가진 한계에 대한 고려 없이는 함부로 공유할 수 없는 정보가 되어버렸다.

폐경이란 단순히 평화로운 멈춤이 아니다. 메리 루플의 이 글에 나오듯이 매일 울기도 하고, 죽고 싶기도 하고, 무언가를 끝장내고 싶기도 하다. 어떤 삶의 끝인 것만 같다. 하지만 그 끝의 뒤에는 새로운 시작이 있다. 물론 그 뒤의 삶 또한 보이지 않는 것처럼 취급받기도 하지만, 존재하지 않는 것이 아니다.

여성이라면 누구나 겪는 일이다. 어떤 이에게는 좀 더 이르게, 다른 이에게는 좀 더 늦게. 그러나 그에 대해 진지하게 이야기한 문학을 접할 기회가 많지 않았다. 폐경이 우리 인생에 어떤 기점을 가져다주는지. 우리가 그런 멈춤을 겪고 어떤 영혼으로 나아가는지.

초고 때부터 〈멈춤〉에 등장하는 'menopause'의 번역어를 어떻게 선택할 것인가 하는 고민이 있었다. '폐경閉經'이라는 말에 내포된 부정적 어감 때문에

160

'완경完經'이라는 단어로 대체하자는 의견이 현재는 상당수이고, 실제로 적잖은 맥락에서 완경이라는 단어가 쓰인다. 출판사의 편집자도 이 용어를 선택해 보자는 제안을 해주었다. 그 전부터 나는 이에 대해 오래 생각하며 텍스트의 안쪽과 바깥쪽을 고려해 본 참이었다. 먼저, 텍스트 내적인 맥락에서 이 특정 에세이는 '메노포즈'가 가진 부정적인 의미, 즉 멈춤이라는 근원에서부터 글이 떠오르기 때문에 그 어감을 유지해야 한다고 생각했다. 그리하여 부정적인 단어가 긍정적인 방향을 제시하는 글의 흐름을 보여주어야 한다고 여겼다.

또, 글을 벗어나서도 '완경'이라는 단어의 사회적 맥락을 재검토할 필요가 있다. 이 단어에는 완료의 의미가 주어져 있고, 이는 난포를 한 달에 하나씩 사용하는 월경이 여성에게 부여된 과업이며 이를 완료한 것을 축하하자는 긍정적인 의미가 담겨 있기도하다. 그리고 여기에는 번식의 일이 이제는 완성되었으니 당신은 다음 단계로 가도 됩니다, 하는 태도가 있다. 하지만 정말로는, 현실에서 대부분의 여성에게 월경이란 꼬박꼬박 찾아오는 귀찮은 손님이자 찾아오지 않으면 소식이 궁금하고 급기야는 불안해지는 친구와 같다. 임신과 모성에 관한 많은 신화와 달리, 월경도 폐경도 실제로는 그토록 아름답고 축복된 일이 아니며 많은 여성들에게 그것은 그저 태어났기에 겪어야 하는 신체의 변화일 뿐이다. 더욱이 임신에 참여하지 않는 여성들에게는 번식을 위한 월경의 의미가 특별히 엄숙하지도 않고, 닫힌다는 의미보다 완료된다는 의미가 더 긍정적일 것도 없다. '앞으로 임신을 하지 않겠다는 몸의 선언'의 의미로 완경이라는 용어를 쓴다면, 처음부터 임신을 하지 않는 선택을 하는 여성이 있다는 사실을 놓치게 된다. 월경, 임신, 출산, 폐경. 이러한 신체 작용은 생물학적 여성의 특성이 되기도 하지만, 이런 사건들 자체가 여성성을, 여성의 삶을 정의하지는 않는다. 여성의 삶은 번식 가능성과 반드시 결부되지 않는다. 번식의 끝이 완성의 의미를 주지 않는다. 하나의 문이 닫히고 그 너머의 문이 다시 열리듯이, 삶은 한 사람 안에서 오래오래 이어진다.

메리 루플은 1952년생의 미국 시인이다. 어떤 이들은 루플을 과거의 세기에서 온 시인처럼 말할 것이다. 그는 아직도 손으로 직접 초고를 쓰고, 타이프라이터로 정서하며, 컴퓨터를 거의 사용하지 않는다고 한다. 그러나 그는 현재의 시인이다. 루플은 언제나 지금 현재에서 사람들이 감각하는 세계의 작고 세밀한 것들에 관해 글을 쓴다. 국내에는 작품이 소개된 적이 없지만, 열 권이 넘는 시집을 썼으며,《나의 사유 재산》을 포함한 두 권의 산문집, 강연 모음집 등이 있다.《나의 사유 재산》은 2016년에 발간된 작품 모음집으로, 작가가 노년에 접어들어 쓴 에세이들을 비롯해 산문시 그리고 플래시 픽션이라고 하는 짧은 소설 형식의 글들이 수록되어 있다. 위에서 언급한 〈멈춤〉은 2015년에 문예지《그란타》를 통해 발표된 에세이로, 이 작품집의 전체 성격을 좌우한다. 책 발간 후《파리스 리뷰》와 가진 인터뷰https://www.theparisreview.org/blog/2016/12/12/becoming-invisible-an-interview-with-mary-ruefle에서 작가는, 이 작품이 '보이지 않게 되는 과정'으로서의 나이 들어감에 관한 이야기라고 말한다.

표제작인 〈나의 사유 재산〉은 작가의 실제 경험을 다룬 작품으로, 어릴 적 학교를 빼먹고 찾은 콩고 박물관에서 만난 '쪼그라든 머리shrunken head'에 대한 기억을 되살려 죽음과 보존, 박탈되고 침해받는 생명에 대해 인류학적 견지에서 성찰하면서도 동시에 자신의 개인적 비극과 연결시켜 보여주는 깊이 있는 에세이이다. 작품집 곳곳에 삽입되어 있는 여러 색깔의 슬픔에 대한 글은 산문시에 가깝다. 자줏빛 슬픔, 갈색빛 슬픔, 노란빛 슬픔, 검은빛 슬픔 등 같은 범주로 묶이는 감정의 스펙트럼을 세심하게 살핀 글들이다. 저자는 마지막에서 이 '슬픔'을 '행복'이라는 말로 대치해도 내용이 달라지진 않는다고 덧붙인다. 행복과 슬픔이 겹쳐지고 치환되는 시점에서 시가 발생한다. 한편 며칠간 집에서 은둔하던 저자가 마지막 남은 식비를 털어 살구가 든 금박 선물 상자를 자기를 위해 구매한 일에서 출발하는 〈선물〉은 단편소설이라고도 부를 만하다. 환상인지 실재인지 알 수 없게 마무리되는 이 글을 읽고 나면, 고요한 모기장 안에 나 혼자 들어간 듯 호젓한 기분이 들기도 한다.

책 자체는 원서가 100페이지를 약간 넘는 정도로 얇지만, 그 안에 담긴 언어는 섬세한 만큼 생각의 밀도가 높다. 작가는 슈렁큰 헤드, 인형, 크리스마스트리에 달렸던 벨벳 썰매, 부엌 카운터 위의 빵 부스러기 등 세상의 작은 것들에 집중한다. 소박한 언어로 직조된 간결한 문체는 같은 미국 시인인 메리 올리버를 연상케 하는 점이 있지만, 정교한 공감각적 심상의 은유나 몇몇 작품에서 보이는 신화적 연결은 고전학자이자 소설가인 앤 카슨의 작품을 떠올리게도 한다. 그러나 메리 루플의 작품을 어느 범주로 묶으려고 하는 노력 자체가 과잉일 것이다. 그의 작품은 그 무엇에도 속하지 않을 만큼 독자적이며, 동시에 특정 맥락에 갇히지 않을 만큼 보편적이다.

나이가 들어가면 분과에 얽매이지 않고 합일된 삶으로 향한다. 이것은 메리 루플이 〈Between the Covers〉라는 포틀랜드 기반의 문학 팟캐스트에 출연해 《나의 사유 재산》에 관해 나눈 이야기이기도 하다. 한 가족 안의 딸로서의 나, 직장에서의 나, 친밀한 사이에서의 나…. 젊었을 때는 이같이 분화된 영역들에서 살아가지만, 노년에는 이 모든 것이 시접 없이 맞물리고 그 안에서 부드럽게 헤엄친다. 섬세한 차이에 대한 감각이 무뎌진 것은 아니나, 이를 하나로 끌어안고 살아갈 수 있다. 이것은 보이지 않게 되는 노년이 주는 선물의 다른 표현일 수도 있겠다.

이 작품을 번역하던 사이사이에, 나는 직접 쓰던 책도 퇴고해야 했다. 그 책은 많은 눈이 내리던 제주의 어느 겨울, 내가 느낀 시간의 폭력성으로부터 시작해서 그와 맞서겠다고 다짐한 뒤 운전을 배우게 된 계기에 관한 이야기이다. 거기에도 노화에 대한 장이 있다. 나와 내 부모가 나이 들어가면 가장 먼저 얻게 되는 지식 중 하나는 종합병원의 주차장 사정이다. 그 글에서 나는 우리의 샐러드 데이즈는 지났지만 여전히 새로운 일들을 시도할 수는 있다고 썼다. 그게 운전이든 뜨개질이든, 무엇이든 시작할 수 있다. 중국어 공부를 할 수도 있고, 이제껏 써보지 않은 글을 쓸 수도 있다. 메리와 나, 우리는 이제 늙은 여자들의 영토로 들어가고, 세상으로부터 보이지 않게 될지도 모르지만, 보이지 않는 목소리로 남아서 이야기를 할 수는 있을 것이다. 2020년이라는 특별한 한 해, 서로 멀어진 채 보이지 않게 살면서도 버틸 수 있었던 것은 우리에게 아직 시도할 일이 있었기 때문이었다.

책을 쓰면서, 이 글을 쓰면서, 나는 데니스 윌리엄스의 〈Free〉라는 곡을 반복해서 들었다. 데니스 윌리엄스는 1951년생의 여성 가수로, 스티비 원더의 백보컬 그룹 원더러브에 있다가 이 곡을 동료들과 함께 쓰고, 후에 솔로로 독립했다. 반복되는 후렴구 "I've got to be me, free, free"가 인상적인 곡이다. 이것은 노년을 향해 가는 우리 모두의 주제가일 수도 있겠다. 우리는 나 자신으로 살게 된다. 우리는 끝내 자유로워진다.

2021년 1월

박현주

• 이 글은 《Axt》 31호(2020. 07/08)에 실은 칼럼을 일부 수정한 것이다.

나의 사유 재산   My Private Property

지은이	메리 루플	발행처	카라칼
옮긴이	박현주	출판 등록	제2019-000004호
		등록 일자	2019년 1월 2일
초판 1쇄	2021년 2월 15일	이메일	listen@caracalpress.com
초판 3쇄	2023년 6월 5일	웹사이트	caracalpress.com
편집	김리슨	Printed in Seoul, South Korea.	
디자인	정세이	ISBN 979-11-965913-8-0 03840	

CARACAL